汪曾祺经典

诗文臧否真性情

汪曾祺 著

主编 陈其昌
顾问 汪 朗

译林出版社

图书在版编目（CIP）数据
诗文臧否真性情 / 汪曾祺著. —南京：译林出版社，2021.2
(汪曾祺经典 / 陈其昌主编)
ISBN 978-7-5447-8495-5

I.①诗… II.①汪… III.①中国文学－文学评论－文集 IV.①I206-53

中国版本图书馆CIP数据核字（2020）第228192号

诗文臧否真性情　汪曾祺 / 著

责任编辑　王兰英
特约编辑　时音菠
装帧设计　鹏飞艺术
校　　对　刘文硕
责任印制　贺　伟

出版发行　译林出版社
地　　址　南京市湖南路1号A楼
邮　　箱　yilin@yilin.com
网　　址　www.yilin.com
市场热线　010-85376701
排　　版　鹏飞艺术
印　　刷　山东临沂新华印刷物流集团有限责任公司
开　　本　960毫米×640毫米　1/16
印　　张　15
版　　次　2021年2月第1版
印　　次　2021年2月第1次印刷
书　　号　ISBN 978-7-5447-8495-5
定　　价　42.80元

八十年代的汪曾祺

前言

一九九八年五月十八日，在鲁迅纪念馆，由北京市作协和高邮市人民政府联合主办的座谈会上，现任中国文联主席和中国作协主席铁凝为高邮市汪曾祺文学馆题写了“永远怀念汪曾祺老”。

铁凝主席称：“他像一股清风刮过当时的中国文坛，在浩如烟海的短篇小说里，他那些初读似水、再读似酒的名篇，无可争辩地占据着独特隽永、光彩常在的位置。能够靠纯粹文学本身而获得无数读者长久怀念的作家是幸福的。”

他就是他自己，一个从容的“东张西望着，走在自己的路上的可爱的老头。这个老头，安然迎送着每一段或寂寞或热闹的时光，用自己诚实而温馨的文字，用那些平凡而充满灵性的故事，抚慰着常常焦躁不安的世界”。我们认为，铁凝主席的题词和讲话，浓缩了汪老的为人为文的特点和内涵，以及在当代文坛不可替代的位置。

作为汪曾祺研究会会长，陆建华是长期研究汪曾祺的一个标杆。他概括过汪老的文学成就，大意是汪老把中断多年的现代抒情小说这条文学史线索又联系起来，且有自己的追求；汪老的作品显示了旺盛的生命力，继承与发扬民族文化传统对丰富与发展中国当代文学具有重大的现实意义；汪老梦萦故乡的作品以平民的视角写下了脍炙人口的名篇，一直受到广大读者的好评，其“身后文”受到持久不衰的欢迎，这在文学界是少见的。

被评为“扬州五十位文化名人”的朱延庆，说汪老作品中的人和事都有水气，平静如水，流动如水，明澈如水，变化如水，然而有涟漪，甚至波涛。水本无色，而色最丰；水本无形，而形最多。汪老的作品展现了平淡、自然、温和、隽永、五彩缤纷、无穷无尽的世界。我以为，朱公的评述中肯得体，是与汪老自述的“我的家乡是一个水乡，我是在水边长大的。耳目之所接，无非是水。水影响了我的性格，也影响了我作品的风格”一脉相承的，什么高雅、狷介、域外的清风，都与水的变化无常息息相关。正因如此，汪老的作品根植于中华民族优秀文化传统的厚土，又展示了二十世纪现当代百姓的生活画卷。

又如著名文学评论家王干所评：“汪曾祺的文字如秋月当空，明净如水，一尘不染，读罢，心灵如洗。”

在汪老百年诞辰之际，我们愿意跻身如林书海，推出“汪曾祺经典”丛书，既表达我们一“汪”情深，又旨在“传薪光潜德，瞩望在后生”，让汪味的作品得以广泛流传，任人选读，赏心悦目。我们愿以纪念汪老逝世二十周年的祭文作结。

汪公曾祺，星斗其文。爱国爱乡，赤子其人。

文学大家，学贯古今。才华盖世，四海清芬。
大师教诲，刻骨铭心。拜师从文，于师不逊。
佳作精品，妙手绘春。《受戒》传播，天籁之声。
书画诗文，草木有魂。塑造形象，入木三分。
人性为本，真情传神。有益世道，一往情深。
教化人心，隽永天真。乐为人间，频送小温。
瞩望后生，辛勤耕耘。兀兀穷年，久久滋润。
曾祺辞世，佳话遗痕。祭奠汪公，泪不能禁。
魂萦梦绕，不忘汪恩。桑梓乡亲，永远前进。

陈其昌[①]

二〇一九年十二月六日

---

① 陈其昌，生于一九三九年，江苏高邮人，长期从事教育、宣传、文化、文艺工作，曾任高邮市文联驻会主席、市文化局副局长。二十世纪六十年代初开始发表文学作品，著有《烟柳秦邮》（散文集）、《新民滩的悲欢》（报告文学集）、《朱葵艺术传》（传记合著）、《熊纬书传》（传记合著），主编《珠湖的传说》（民间文学），系江苏省作家协会会员，中国民间文艺家协会会员，现为汪曾祺研究会秘书长。

目　录

彩旗

当风的彩旗，

像一片被缚住的波浪。

汪曾祺

黑罂粟花——《李贺歌诗编》读后

第一　李贺的精神生活

下午六点钟，有些人心里是黄昏，有些人眼前是夕阳。金霞，紫霭，珠灰色淹没远山近水，夜当真来了，夜是黑的。

有唐一代，是中国历史上最豪华的日子，每个人都年轻，充满生命力量，境遇又多优裕，所以他们做的事几乎全是从前此后人所不能做的。从政府机构、社会秩序，直到瓷盘、漆盒，莫不表现其难能的健康美丽。当然，最足以记录豪华的是诗。但是历史最严刻。一个最悲哀的称呼终于产生了——晚唐。于是我们可以看到暮色中的几个人像——幽暗的角落，苔先湿，草先冷，贾岛的敏感是无怪其然的；眼看光和热消逝了，竭力想找出另一种东西来照耀漫漫长夜的，是韩愈；沉湎于无限好景，以山头胭脂作脸上胭脂的，是温飞卿、李商隐；而李长吉则守在窗前，望着天，头晕了，脸苍白，眼睛里飞舞各种幻想。

长吉七岁作诗，想属可能，如果他早生几百年，一定不难“一日看尽长安花”。但是在他那个时代，便是有“到处逢人说项斯”，恐怕肯听的人也不多。听也许是听了，听过只索一番叹息，还是爱莫能助。所以他一生总不得意。他的《开愁歌》笔下作：

> 秋风吹地百草干，华容碧影生晚寒。我当二十不得意，一心愁谢如枯兰。衣如飞鹑马如狗，临歧击剑生铜吼……

说得已经够惨了。沈亚之返归吴江，他竟连送行钱都备不起，只能“歌一解以送之”，其窘尤可想见。虽然也上长安去“谋身”，因为当时人以犯讳相责，虽有韩愈辩护，仍不获举进士第。大概树高遭嫉，弄得落拓不堪，过“渴饮壶中酒，饥拔陇头粟”的日子。

> 长安有男儿，二十心已朽。

一团愤慨不能自已。所以他的诗里颇有“不怪”的。比如：

> 别弟三年后，还家一日余。醁醽今夕酒，缃帙去时

书。病骨犹能在，人间底事无？何须问牛马，抛掷任枭卢。

不论句法、章法、音节、辞藻，都与标准律诗相去不远，便以与老杜的作品相比，也堪左右。想来他平常也作过这类诗，想规规矩矩地应考做官，与一般读书人同一出路。

凄凄陈述圣，披褐锄俎豆。学为尧舜文，时人责衰偶。

十分可信。可是：

天眼何时开？

他看得很清楚：

只今道已塞，何必须白首。

只等到，

三十未有二十余，

依然，

白日长饥小甲蔬。

于是，

公卿纵不怜，宁能锁吾口。

他的命运注定了去做一个诗人。

他自小身体又不好，无法“收取关山五十州”，甘心“寻章摘句老雕虫”了。韩愈、皇甫湜都是“先辈”了，李长吉一生不过二十七年，自然看法不能跟他们一样。一方面也是生活所限，所以他愿完全过自己的生活。《南园》一十三首中有一些颇见闲适之趣。如：

春水初生乳燕飞，黄蜂小尾扑花归。窗含远色通书幌，鱼拥香钩近石矶。

边让今朝忆蔡邕，无心裁曲卧春风。舍南有竹堪书字，老去溪头作钓翁。

说是谁的诗都可以，说是李长吉的诗倒反有人不肯相信，因为长吉在写这些诗时，也还如普通人差不多。虽然

遥岚破月悬、长茸湿夜烟，

已经透露出一点险奇消息，这时他没有意把自己的诗作出李长吉的样子。

他认定自己只能在诗里活下来，用诗来承载他整个生命了。

他自然地作他自己的诗。唐诗至于晚唐，什么形式都有一个最合适的做法，什么题目都有最好的作品。想于此中求自立，真不大容易。他自然得另辟蹊径。

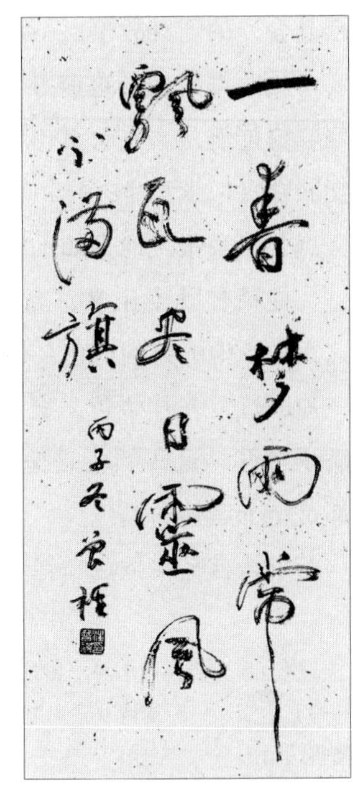

一春梦雨常飘瓦
尽日灵风不满旗
丙子冬　曾祺

他有意藏过自己，把自己提到现实以外去，凡有哀乐不直接表现，多半借题发挥。这时他还清醒，他与诗之间还有个距离。其后他为诗所蛊惑，自己整个跳到诗里去，跟诗融成一处，诗之外再也找不到自己了，他焉得不疯。

时代既待他这么不公平，他不免缅想往昔。诗中用古字地方不一而足。眼前题目不能给他刺激，于是他索性全以古乐府旧调为题，有些诗分明是他自己的体，可是题目亦总喜欢弄得古色古香的，例“平城下”“溪晚凉”“官街鼓”，都是以“拗”令人脱离现实的办法。

他自己穷困，因此恨极穷困。他在精神上是一个贵族，他喜欢写宫廷事情，他决不允许自己有一分寒碜气。其贵族处尤不在其富丽的典实藻绘，在他的境界。我每读到“腰围白玉冷”，觉得没有第二句话更可写出“贵公子夜阑”了。

他甚至于想到天上些多玩意，“梦天”“天上谣”，都是前此没听见说过的。至于神，那更是他心向往之的。所以后来有“玉楼赴会”的附会故事已不足怪。

凡此都是他的逃避办法。不过他逃出一个世界，于另一世界何尝真能满足。在许多空虚东西营养之下，当然不会正常。这正如服寒食散求长生一样，其结果是死得古里古怪。说李长吉呕心，一点儿不夸张。他真如千年老狐，吐出灵丹便无法再活了。

他精神既不正常，当然诗就极其怪艳了。他的时代是黑的，这正做了他的诗的底色。他在一片黑色上描画他的梦；一片浓绿，一片殷红，一片金色，交错成一幅不可解的图案。而这些图案充满了魔性。这些颜色是他所向往的，是黑色之前都曾存在过的，那是整个唐朝的颜色。

李长吉是一条在幽谷中采食百花酿成毒，毒死自己的蛇。

原题本为诗人白居易，提笔后始觉题目太广，临时改写李贺。初拟写两段，一写其生活，一写其诗，奈书至此天已大亮。明天当有考试，只好搁笔。俟有暇当再续写。

十九日晨　五时

武训的错误

有不少人尊敬过武训，宣传过武训的“伟大”。这些人当中，有的是抬出武训的幌子，叫老百姓都来学武训服服帖帖的样子，干点儿像办办义学之类的“好”事，别想着惹是生非，犯上作乱。从疏请给他立碑、旌祀入忠义祠、宣付史馆立传的山东巡抚张曜、袁树勋，批准的慈禧太后，到题字颂扬的蒋介石，都是这一种人。有的是抬出武训的幌子，宣传资产阶级的改良主义，以“教育救国”“道德救国”“无抵抗主义”的说教来代替革命的阶级斗争。武训的许多狂热的职业宣传者，无论自觉的程度怎样，本质上大抵属于这一类。另外一些宣传武训、尊敬武训的，则是比较天真的。他们大都觉得一个乞丐，讨了三十年的饭，居然能兴办三处义学，这真是了不起。他们欣赏他的“利他主义”，欣赏他的自我牺牲，非常感伤主义地叹息道：“这真是个了不起的人啊！”

很多人就是这样把武训当作一个独立特行的神话式的英雄崇拜着的。

这种崇拜，是有害的。

看一个人，应当看他对历史的发展所起的作用，不能只看他个人的某一些生活行为。如果对历史的发展是起了积极的、推动的作用，那是英雄，否则不是；不管他穿的是绫罗绸缎还是鹑衣百结，吃的是山珍海味还是菜根芋尾，也不管他会不会唱歌。

武训一生干了什么事呢？修了三处义学。

武训，一个乞丐，修成了三处义学，许多人说这是个奇迹，是个“偶然”事件。但是历史上从来就没有出现过一个完全脱出历史轨道的偶然事件，“偶然性只是一种相对的东西。它只在诸必然的交叉点上出现。”（普列汉诺夫：《个人在历史上的作用》）武训对义学的兴办发生过作用是没有疑问的，“但这种作用只有在当时的那种社会条件下才能发生”（前书）。

武训兴办义学的时候，是清朝光绪年间。那是帝国主义打进了中国的大门，太平天国的革命起来，封建制度已经摇摇欲坠，腐朽不堪的清王朝已经将临末日的时候；是随着资本主义的侵入，资本主义的民主思想也渐渐侵入的时候；是康梁的改良主义一天比一天发生影响的时候；是统治者的统治方式不得不“开明”一点的时候。

改良主义的办法之一是“普及教育”。

武训死的时候是光绪二十二年，到了光绪二十四年，“朝廷”即明令废科举，改学堂（武训的义学不久即改成了学堂）。目的是“普及教育”。这个“普及教育”的思想却绝非在光绪二十四年才开始有的，光绪二十四年之前二三十年就已经有了，即在武训兴办义学的时候就开始有了。武训的兴义学就是这种思想的物质反映，是深合朝廷“普及教育”之旨的。

武训以一个乞丐而能兴成了三处义学，当然并不容易。但是当时的社会条件是给了兴办义学一种可能的，武训不过是实现了这种可能。他的偶然性的“奇迹”正是出现在各种必然性的交叉点上的。

当时兴办义学的并不只是武训一个人。在《清史稿》上跟武训紧紧挨着的叶澄衷、杨斯盛就都是因为捐资兴学而受到宣付史馆立传的恩典的。叶、杨二人都因为发了财再兴学的，当然不像行乞兴学的武训那么“奇”，但其为兴学则一。从武、叶、杨三人挨着个儿进了“孝义传”，可见当时的统治者对兴学是“甚表欢迎”的。

如果还嫌这近乎是推测，那么正面的证据也有。就在袁树勋“奏义丐武训积资兴学请宣付史馆”的折子上就明明白白写着：

“自圣诏累颁，学校踵起。教育义主普及，官立公立之不足，必藉私立以辅迎之，国家设为种种奖励，为诱掖之具……”

这该是十分可靠的了。

改良主义本来不是慈禧太后所喜欢的，但慈禧太后一个人也抗不过“潮流”去，而且改良主义到底比“讨厌”的革命“可喜”一点。

改良主义者梁启超和张謇都很热心地给武训写过传，这不是偶然的。

在一定的历史条件下，改良也可以有进步意义，例如在孙中山等人的革命运动兴起以前的康梁变法运动和兴办新式学堂的运动。但是武训的义学却连这种改良主义的进步作用也没有。康梁有的是新的资本主义色彩的纲领，所以要“变法”，所以会引起谭嗣同等六人的流血；但是武训所有的却只是旧的封建主义的纲领。武训并不需要任何的“变法”，所以他也不需要任何的流血，他只以叩头来实现自己的也就是封建统治者的“理想”，而杀死谭嗣同等的朝廷则以赏赐黄马褂和准立牌坊来酬报他的努力。

或者有人说，武训行乞兴学，目的原来是很朴质单纯的。不过是因为自己吃了不识字的亏，发愤想要穷人子弟都能读书而已，说他是反动封建统治的拥护者，比改良主义的康梁还不如，不免太忍心了吧？

但是请看一看：武训的义学里都教的是些什么呢？

《清史稿》本传上说他的义学里分为二级，一是“蒙学”，一是“经学”。“蒙学”所授不外是方字，三字经、百家姓、千字文。经学里所教的就不能不是“齐家治国平天下”“劳心者治人，劳力者治于人”了。这里头造就的不外是两种人，一是帮朝廷做事的官，一是帮做官的做事的“士”。梁启超给武训写的传上说：“行之数十年，学堂中受业子弟，彬彬济济，掇高第，成通儒者，不可胜数”，这大概不能是毫无根据的。这些彬彬济济的子弟在当时社会上会起着怎样的作用，还难于想见吗？

有人说：这怕不是武训兴学之初衷吧。有的好心的先生还愿意那么想象，说武训因为看到他的义学里出来的学生做了官而觉得非常痛苦。这是不见得有什么根据的。我们看武训行乞时所唱的一首歌：

不嫌多，不嫌少，舍些文钱修义学，
又有名，又行好，
文昌帝君知道了，
准教你子子孙孙坐八抬大轿。

这不能不是武训的思想意识的反映，——他对于“坐八抬大轿”是崇拜而羡慕的呀！

有人还要说：武训至少使一些农民子弟识了字，读了一点书，提高了他们的文化，总不能不说他也起了一点“积极”的作用吧。

同志，“提高文化”可不那么简单！

要农民提高文化，必先提高他们的生活。要在文化上翻身，必先在经济上翻身。吃不上饭，决读不上书，这是天经地义的真理。有的记载上说武训曾经给因为家里需要帮忙干活而不肯把子弟送去读书的家长下过跪，这简直是不能再糊涂的事！记载上说他下跪成了功，我看那信不得。如果当真是一家整天苦累还顾不上嘴，武训怎么跪也是白搭。不过他的下跪和兴学对于一部分农民也是起了一点作用的，这是怎样的作用呢。

农民要有文化，必须先吃饱，没有比吃饱饭更重要的事了。要吃饱，必须改变压在农民头上的封建剥削的生产关系。要改变封建生产关系，必须革命。革命，在某个意义上说起来就是拿刀动枪的造反。当时不是没有人懂得这个道理，太平天国的领袖就是懂得这个道理，并且实践了这个道理的。懂得这个道理，并且实践了这个道理的，是了解并且推动历史向前发展的，对于历史的发展是起着积极的作用的。有清一代，只有进行像太平天国一样的革命的人，才是值得崇敬、值得宣传的英雄人物。

革命，是统治者最讨厌的东西。

因为讨厌革命，反动的统治者就欢迎武训，就表扬武训，就希望穷人里头多出些武训了。

受反动统治者表扬的武训立了些什么功勋呢？他模糊了、弄乱了、掩蔽了当时人民斗争的目标，麻痹了人民的思想，减弱了革命的力量，冲淡了阶级的矛盾，他对于革命、对于历史起的是消极的、阻碍的作用。

这个为反动封建统治效忠的“自我牺牲”者是一个英雄么？

不是，绝对不是。

当时农民叫他是“豆沫”，言其糊涂，就他的完全不认识历史的发展方向来说，并不算冤枉他。

他的“自我牺牲”到底牺牲给了谁呢？他的“利他主义”到底利了一个什么他呢？反动的统治阶级。凡对反动统治阶级有利的，对人民就不会有利。

对这样一个糊涂人物，这样一个对人民并无利益的人物，我们今天再不应该对他崇拜，为他宣传了。我们应该对他的“事业”、他的思想、他在历史上的作用加以详尽的批判！

注释

原载一九五一年五月二十二日《人民日报》。

鲁迅对于民间文学的一些基本看法

民间文学在中国，不是一个孤立的现象，它总是和文学上的思想斗争相联系着的。鲁迅先生并没有专门研究过民间文学，也没有发表过关于民间文学的学术文章，他总是在说到文学上的重要问题时必要地或者附带地提到民间文学；或者以民间文学为例，从这里说开去，发挥他对于政治的和文化的意见。但是虽然是这样，或者正因为这样，他对于民间文学的看法，常常达到不可比拟的深刻性和战斗性。

鲁迅的一生是战斗的一生。他一面要和敌对的阵营作战；一面还要指导说服在一个旗帜下面的同志和友人，和一些主观幼稚的倾向斗争；同时，在这样的过程里也就批评着和改造着自己。他的对于民间文学的理论的片段，就是在这样的斗争中产生和形成的。——虽然这只是片段，但都异常精辟中肯；并且这些片段是彼此互相联系贯通的，如果把它抽取出来，放在一起，是可以看出一定的系统性来的。鲁迅先生对于民间文学的议论，在我们的薄弱而混乱的民间文学理论遗产中，显得特别重要而且正确，至今仍具有积极的指导作用，并且日益显示出它的真实的意义。

鲁迅先生生时，在文艺上正面的、首当其冲的敌人，是以胡适为首的资产阶级学派。胡适派的思想和方法在文艺和学术上发生了广泛的影响，在民间文学工作方面影响也极大。五四运动以后，在民间文学工作方面曾经出现过一度的“旺相”。这个时期发表了不少真正具有人民性的民间文学作品，倡导了搜集研究的风气，并且草创了“民间文学”这一门学科，为此后的工作铺设了一层基础，这是值得我们永远纪念和感激的。但是五四运动是一个泥沙俱下的洪流，这在民间文学工作方面也不例外。这个时期的民间文学研究工作大部分都带有很严重的形式主义的缺点：烦琐不堪的比较，穿凿附会的考证，极少正确地分析它的思想内容。在搜集上也是只看形式和词句，甚至是“为着追求其中落后的东西”，把许多封建市民的淫逸颓靡和疲弱的冷嘲的作品，也都一概当作了民间文学，甚至标榜为民间文学的主流和高峰。这样，就掩盖了民间文学的最显著的特色——它的阶级性。胡适派的方法是从他们的基本的文艺思想——文学无阶级性——出发的。胡适的影响不但很大，而且很久远，直到现在，还不绝如缕。跟胡适派的残余影响做斗争，仍然是我们的任务。

鲁迅，就用反驳民间文学无阶级性，来反驳了文学无阶级性的说法。

鲁迅直率地把文艺分为消费者的文艺和生产者的文艺，并且指出了民间文艺是生产者的文艺：

> ……既然有消费者，必有生产者，所以一面有消费者的艺术，一面也有生产者的艺术。……这和高等有闲者的艺术对立，是无疑的。①

鲁迅的这一个定义是有科学的精确性的。把民间文学认为首先是生产者的文学，这就划清了它的界限，并且说明了它的基本特征。民间文学的范围和界限，这一门学科的研究对象，是一个长久没有解决，甚至还没有提出讨论的问题。“民间文学”的“民”，“人民”，大家对它的理解颇有分歧，历史上各个时期的情况也不一样。鲁迅先生的这个说法是非常恰当的，这非常鲜明，也非常概括。“生产”，这说明“人民”一词最本质的含义，并且也说明了民间文学最初的和最中心的内容。这个定义，就是对于奴隶社会以前的民间文学，也还是适用的。民间文学，从其全体上看来，它的产生的背景和最基本的主题，是：劳动。

鲁迅不但在原则上划分了民间文学的界限，并且有一双明察秋毫的眼睛，非常善于在模糊含混的表象之下看出实质的不同，剥开名词和形式看到思想。比如“谚语”，比如“笑话”，我们是很容易马马虎虎地把它们一概算到民间文学里面去的，然而鲁迅先生就指出这也有不是出于人民的东西，指出这些东西的反人民性。

---

① 《且介亭杂文》：《论“旧形式的采用”》。

粗略地一想，谚语固然好像一时代一国民的意思的结晶，但其实，却不过是一部分人的意思。现在就以“各人自扫门前雪，莫管他人瓦上霜”来做例子罢，这乃是被压迫者的格言[①]，教人要奉公，纳税，输捐，安分，不可怠慢，不可不平，尤其不要管闲事；而压迫者是不包括在内的。……某一种人，一定只有这一种人的思想和眼光，不能越出他的本阶级之外。说起来，好像又在提倡什么犯讳的阶级了，然而事实是如此的。谣谚并非全国民的意思，就为了这缘故。……[②]

浙西有一个讥笑乡下女人之无知的笑话——

是大热天的正午，一个农妇做事做得正苦，忽然叹道：“皇后娘娘真不知多么快活。这时还不是在床上睡午觉，醒来的时候，就叫道：太监，拿个柿饼来！”

然而这并不是“下等华人话”，倒是高等华人意中的“下等华人话”，所以其实是“高等华人话”。在下等华人自己，那时也许未必这么说，即使这么说，也并不以为笑话的。[③]

这些意见，是说得非常具体而且深刻的。鲁迅先生这些话主

① 鲁迅先生这句话的意思是说这是压迫者创设出来使被压迫者遵奉的格言。

② 《南腔北调集》:《谚语》。

③ 《伪自由书》:《人话》。按：此笑话亦见石天基《笑得好》，题为“吃柿坨”，与此小异。

要是针对敌对者而发的，但也同样教育着自己的同志。这种具体分析的鉴定方法，永远值得我们学习。

鲁迅先生对于民间文学的另一个重要论点，是承认民间文学在艺术上的优越性——刚健、清新。这本来是向自己的同志说的，但也间接搭击了胡适派对于民间文学的艺术的形式主义的论调。

革命的文艺工作者注意到民间文学，大约在一九三〇到一九三二年左右，是在讨论文艺“大众化”的时候。参加大众化讨论的虽然有各色各样的人，但在当时大体上还是倾向于革命的。因为革命形势的需要，文艺和人民大众结合的问题被提了出来，许多同志在理论上和实践上都做了一些开拓和试探的工作，这对于中国革命文学的发展是一个重要的阶段。但是由于历史的限制和革命的文艺者主观的弱点，这次讨论是有很大的缺点的。现在看起来，明显的缺点之一，是把“大众化”看成是一个单纯为了启蒙的手段问题、工具问题，“简单地看作是创造大众能懂的作品，以为是一个语言文字的形式问题”[①]。民间文学，就是在这种要求下被提出来的，当时的提法是“旧形式利用”。这在我们今天已经受了毛主席《在延安文艺座谈会上的讲话》的教育，多少知道一点“百花齐放，推陈出新”的道理的人，是不难看出它的片面性的：把所有的民间文学一概判定为“旧”，这就割断了历史；只是着眼在其形式，而且是形式上的最外部的特点，如七字句、攒十字之类，就忽略了内容的人民性和表达这样的内容的艺术。许多同志当时都以为民间文学只是一个空瓶，却不知道这里面原来多半装的是陈年的好酒，喝下去是大有益处的。许多同志对民间文

① 周扬:《马克思主义与文艺》序言。

学都缺乏了解，而且存在着不同程度的轻视。虽然只提到“利用”，也引起了许多疑虑，担心这是“类乎投降”“机会主义”，是“为整个旧艺术捧场”[1]，“怕文学的低落，为着文学发愁”[2]等等。

这次讨论对于民间文学所放置的不适当的地位，后来终由鲁迅先生把它摆正了。

鲁迅先生也并不是一下子就对于民间文学的艺术价值做出充分的肯定的。鲁迅先生从来就热爱民间文学，他对于民间文学有着丰富的感性知识，远在一九二二年就写过《社戏》那样的优美的散文，并且一直都关心着民间文学的活动，也零散地提出过一些对于人民的文艺才能的看法；但是起初还不能提高到理论上来认识。也许他所看到的一些关于“山歌野曲”的出版物在观点和方法上都有些问题，使他产生一些迷惑，他在一九二七年所写的《革命时代的文学》中对民间文学的看法不能不说是带有一定的片面性的，——虽然其中也有合理的成分[3]。值得注意的是就在这一年前后，鲁迅先生写了好几篇充满深情的记述农村民间文艺生活和作品的极有思想性的文章，如《无常》、《五猖会》以及《朝花夕拾》的“后记”，等等。从表面看，在那样残酷斗争的时候，鲁迅先生却忆念起这些村居琐事，仿佛是不可理解的事情；但是我们有理由可以说：随着整个思想的蜕变，随着向马克思主义的转移，鲁迅先生对于民间文学的看法也正在确立之中。这些夹叙夹议的散文里面已经闪耀着犀利的阶级分析的观点。这些，

---

① 见《且介亭杂文》:《论“旧形式的采用”》。

② 见《且介亭杂文》:《门外文谈》。

③ 请参看《而已集》:《革命时代的文学》。关于这篇文章，因为笔者不大了解当时的情况，理解上可能有偏差，姑且这样提出来，请大家商榷。

是他在参加讨论“大众化”，提出民间文学课题之前的思想准备。在讨论初期，鲁迅先生的意见就是比较切实的。而到“大众化”问题的后期，在一九三四年，鲁迅的看法就越发成熟和坚定了，他把民间文学和大众化问题的关联就看得更加密切了。鲁迅先生虽然也袭用过“旧瓶装新酒”的口号，但他的理解是比许多人要深刻得多的，并不只在字面上打转。他的民间文学思想在《门外文谈》中表现得最为完美。《门外文谈》是“大众化”运动的一篇带有总结性的论文，同时也是中国的民间文学理论的杰出的文献。鲁迅先生在这篇文章中几乎全面地涉及民间文学各方面的根本问题，从文学的起源——“杭育杭育派”，直到晚近的农村中表演的戏曲。为了解除许多人的疑虑，叫他们“不必恐慌”，不必骇怕大众文艺因为吸收了民间文艺而“低落”，鲁迅先生对于民间文艺的艺术价值作了这样的斩钉截铁的估计：

> 大众并无旧文学的修养，比起士大夫文学的细致来，或者会显得所谓“低落”的。但也未染旧文学的痼疾，所以它又刚健，清新。无名氏文学如“子夜歌”之流，曾经给文学一种力量，我先前已经说过了；现在也有人介绍了许多民歌和故事。还有戏剧，例如《朝花夕拾》所引《目莲救母》里的无常鬼自传，说是因为同情一个鬼魂，暂放还阳半日，不料被阎罗责罚，从此不再宽纵了——
>
> “那怕你铜墙铁壁！
> 那怕你皇亲国戚！……”
>
> 何等有人情，又何等知过，何等守法，又何等果决，

我们的文学家做得出来么？[1]

这是真的农民和手工业工人们的作品，由他们闲中扮演。借目莲的巡行来贯串许多故事，除“小尼姑下山”以外，和刻本《目莲救母》是完全不同的。其中有一段“武松打虎”，是甲乙两人，一强一弱，扮着戏玩。先是甲扮武松，乙扮老虎；被甲打得要命，乙埋怨他了，甲道：“你是老虎，不打，不是给你咬死了？”乙只得要求互换，却又被甲咬得要命，一说怨话，甲便道：“你是武松，不咬，不是给你打死了？”我想，比起希腊的伊索、俄国的梭罗古勃的寓言来，这是毫无逊色的[2]。

许多同志的轻视民间文学，有许多原因；原因之一，是接触得太少，知道得太少。在当时，许多同志心目中的民间文学只是一个概念，而且是一个歪曲的概念，以为不过是小沙渡或杨树浦（上海近郊）一带的“泗洲调”“月望郎”“孟姜女哭夫”“五更调”“十八摸”“打牙牌”“毛毛雨”[3]（其实这里面也有好的，比如“孟姜女哭夫”）这一类的东西，这就无怪其然了。而鲁迅先生之所以能够深刻地认识民间文学，是因为他在精神上和人民有深刻的联系；前面已经说过，他曾经生活在丰富的民间文学的感性世界之中，对民间文学有广泛的知识和兴趣；民间文学曾经养育过他，这也成了他身体里的狼的血液，使他切身地感觉着它的强壮的力量。民间文学的伟大的教育作用，其实从鲁迅先生的身上，就可以看出来的。

① 无常的唱词在《朝花夕拾》中《无常》内引述较多，分析亦更为细致，请参看。

② 《且介亭杂文》：《门外文谈》。

③ 见丁易编《大众文艺论集》，华汉：《普罗文艺大众化的问题》。

可惜，鲁迅先生对于民间文学的看法，在当时没有得到普遍的重视和理解。大家的所以不能重视和理解，也正是因为在民间文学的认识上和鲁迅有很大的差别。——那么，看起来，对于民间文学的搜集整理工作也仍然是当务之急，因为今天大家对于民间文学的理解和重视也还不是那样的“普遍”的。

鲁迅先生深知民间文学的人民性和艺术上的优越性，所以他主张在采录时要忠实，他惋惜“柳枝”“竹枝”“子夜”“读曲”的为文人润色而失去本来面目[①]。他以为“惟神话虽然文章，而诗人则为神话之仇敌，盖当歌颂记叙之际，每不免有所粉饰，失其本来”。[②]但是他并不以为凡属民间文学就一概都是好的。他在《革命时代的文学》中对“山歌野曲”的估价虽然有些片面，但把“对乡下的绅士有田三千亩，就佩服得不了”作为对一部分民间文学的批评来看，也还是正确的，他指出民间文学的间接蒙受士大夫文学的影响，也是合乎事实的。他对游离在革命之外，尚未觉醒的市民在民谣中所表现的麻木和自私，是很为痛心的——他简直称之为“黑暗”[③]。所以我们对搜集记录下来的民间文学材料，也还要加以甄别。同时，要防止“失其本来”，也并不是绝对不能动，若是当作宝贝似的供养起来，那就成了鲁迅先生所批评的“国粹派”。鲁迅先生是第一个对《白蛇传》加以热烈的肯定的，但也以为倘要改编为连环画，是要把水漫金山伤害生灵的地方减弱，把白娘娘的坚毅的地方加强的。——这个工作，在我们今天说起来，

① 见《门外文谈》。

② 《中国小说史略》:《神话与传说》。

③ 见《三闲集》:《太平歌诀》。有人以为鲁迅先生这篇文章是在称赞这三首民谣，这是断章取义地把意思看反了。

便是“整理”。另外，则有加工、改编、创作，《故事新编》便是这样的书。《故事新编》有许多借题发挥的情节，但是除去这些之外，还是忠实于原来的传说和史料，并且发挥出原材料的精神的；用鲁迅先生自己的说法，就是“没有把古人写得更死”①。鲁迅先生所用的方法我们今天或者不一定全用，但那精神是值得采取的。我们反对“失其本来”的粗暴，也不应保守到“把古人写得更死”。鲁迅先生认为应该从民间文学生出新的艺术、新的形式：

> 旧形式的采取，必有所增删，既有删除，必有所增益，这结果是新形式的出现，也就是变革。②

这些问题本来是极为复杂的，因为时间力量所限，一时不能深论，只能这样笼统地提一提。——鲁迅先生对于民间文学还有一些重要的意见，比如他对民间文学与书面文学的相互交流与蜕变的辩证关系的看法，他对民间语言的卓越的见解，他对于中国的鬼和神的富于人情的分析……这些都对我们当前的工作仍然极有现实的指导意义，但都不是一时所能备说，今只撮述其对于民间文学的一些基本的看法，供大家参考，如上。

一九五六年九月

注释

原载《民间文学》一九五六年十月号。

---

① 《故事新编》序。

② 《且介亭杂文》:《论“旧形式的采用”》。

『花儿』的格律

——兼论新诗向民歌学习的一些问题

在用汉语歌唱的民歌当中，“花儿”的形式是很特别的。其特别处在于：一个是它的节拍，多用双音节的句尾；一个是它的用韵，用仄声韵的较多，而且很严格。这和以七字句为主体的大部分汉语民歌很不相同。

（一）

徐迟同志最近发表的谈诗的通讯里，几次提到仿民歌体新诗的三字尾的问题。他提的这个问题是值得注意的。民歌固多三字尾，这是不以人的意志为转移的客观事实。

并非从来就是如此。《诗经》时代的民歌

基本上是四言的，其节拍是“二——二”，即用两字尾。《诗经》有三言、五言、七言的句子，但是较为少见，不是主流。

三字尾的出现，盖在两汉之际，即在五言的民歌和五言诗的形成之际。五言诗的特点不在于多了一个字，而是节拍上起了变化，由“二——二”变成了“二——三”，也就是由两字尾变成了三字尾。

从乐府诗可以看出这种变化的痕迹。乐府多用杂言。所谓杂言，与其说是字数参差不齐，不如说是节拍多变，三字尾和两字尾同时出现，而其发展的趋势则是三字尾逐渐占了上风。西汉的铙歌尚多四字句，到了汉末的《孔雀东南飞》，则已是纯粹的五字句，句句是三字尾了。

中国诗体的决定因素是句尾的音节，是双音节还是三个音节，即是两字尾还是三字尾。特别是双数句，即“下句”的句尾的音节。中国诗（包括各体的韵文）的格律的基本形式是分上下句。上句，下句，一开一阖，形成矛盾，推动节奏的前进。一般是两句为一个单元。而在节拍上起举足轻重的作用的，是下句。尽管诗体千变万化，总逃不出三字尾和两字尾这两种格式。

三字尾一出现，就使中国的民歌和诗在节拍上和以前诗歌完全改观。这是一个划时代的变化。

从五言发展到七言，是顺理成章的必然趋势。五言发展到七言，不像四言到五言那样的费劲。只要在五言的基础上向前延伸两个音节就行了。五言的节拍是“二——三”，七言的节拍是“二——二——三”。七言的民歌大概比七言诗早一些。我们相信，先有“柳枝”“竹枝”这样的七言的四句头山歌，然后才有七言绝句。

七言一确立，民歌就完全成了三字尾的一统天下。

词和曲在节拍上是对五、七言诗的一个反动。词、曲也是由三字尾的句子和两字尾的句子交替组织而成的。它和乐府诗的不同是乐府由两字尾向三字尾过渡，而词、曲则是有意识地在三字尾的句子之间加进了两字尾的句子。《花间集》所载初期的小令，还带有浓厚的五七言的痕迹。越到后来，越让人感觉到，在词曲的节拍中起着骨干作用的，是那些两字尾的句子。试看柳耆卿、周美成等人的慢词与元明的散曲和剧曲，便可证明这点。词、曲和诗的不同正在前者杂入了两字尾。李易安说苏、黄之词乃"字句不葺"的小诗。所谓"字句不葺"，是因为其中有两字尾。

词、曲和民歌的关系，我们还不太清楚。一些旧称来自"民间"的词曲牌，如"九张机""山坡羊"之类，从严格的意义上讲，能不能算是民歌，还很难说。似乎词、曲自在城市的里巷酒筵之间流行，而山村田野所唱的，一直仍是七言的民歌。

"柳枝""竹枝"，未尝绝绪。直到今天，中国大部分地区的民歌仍以七言为主，基本上是七言绝句。大理白族的民歌多用"七、七、七、五"或"三、七、七、五"，实是七绝的一种变体。湖南的五句头山歌是在七绝的后面加了一个"搭句"，即找补了一句，也可说是七绝的变体。有些地区的民歌，一首只有两句，而且每句的字数比较自由，比如陕北的"信天游"和内蒙古的"爬山调"，但其节拍仍然是"二——二——三"，可以说这是"截句"之截，是半首七绝。总之，一千多年以来，中国的民歌，大部分是七言，四句，以致许多人一提起民歌，就以为这是说七言的四句头山歌。在许多人的心目中，"民歌"和四句头山歌几乎是同一概念。民歌即七言，七言即三字尾，"民歌"和"三字尾"分不开。因此，许多仿民歌体的新诗多用三字尾，不是没有来由的。徐迟同志的议论即由此而发，他似乎为此现象感到某种不安。

但不是所有的民歌都是三字尾。“花儿”就不是这样。

“花儿”给人总的印象是双字尾。

我分析了《民间文学》一九七九年第一期发表的《莲花山“花儿”选》，发现“花儿”的格式有这样几种：

①四句，每句都用双音节的语词作为句尾，如：

尕梯子搭在（者）蓝天上，双手把星星摘上，
风云雷电都管上，华主席给下的胆量。

除去一些衬字，这实际上是一首六言诗。

②四句，每句的句尾用双音节语词，而在句末各加一个相同的语气助词，如：

政策回到山坳呢，社员起黑贪早呢，
赶着日月赛跑呢，尕日子越过越好呢。

除去四个“呢”字，还是一首六言诗。

菊花盅里斟酒哩，人民心愿都有哩，
敬给英明领袖华主席，一心紧跟你走哩。

这里“有”“走”本是单音节语词，但在节拍上，“都有”“你走”连在一起，给人一种双音节语词的感觉。这一首第三句是三

字尾，于是使人感到在节拍上很像是“西江月”。

③四句，上句是三字尾，下句是两字尾：

黑云里闪出个宝蓝天，开红了园里的牡丹，
华主席接上了毛主席的班，人民（们）心坎上喜欢。

④上句是七字句，下句是五字句，七、五，七、五。但下句加一个语气助词，这个助词有延长感，当重读（唱），与前面的一个单音节语词相连，构成双音节的节拍，如：

山上的松柏绿油油地长，风吹（者）叶叶儿响哩；
人民的总理人民爱，由不得眼泪（吆）淌哩。

⑤四句，上句的句尾是双音节语词加语气助词，下句为单音节语词加助词。同上，下句的单音节语词与语气助词相连，构成双音节的节拍，如：

南山的云彩里有雨哩，地下的青草（们）长哩；
毛主席的恩情暖在心底哩，年年（吧）月月地想哩。

⑥五句，在四句体的第三句后插入一个三音节的短句。或各句都是两字尾，或上句是三字尾，下句是两字尾：

党的阳光照上了，
山里飞起凤凰了，

心上的“花儿”唱上了，
有华主席，
才有了六月的会场了。

画了南昌（者）画延安，
常青松画在个高山，
叶帅的功德高过天，
危难时，
把毛主席的旗帜肘端。

⑦六句，即在四句体的两个上句之后各插入一个三音节的短句。上句常为三字尾，下句或用双音节语词，或以单音节语词加语气助词构成双音节：

云消雾散的满天霞，
彩云飘，
花儿开红（者）笑吓；
群众拥护敌人怕，
邓副主席，
拨乱反正的胆大。

祁连山高（者）云雾绕，
雪山水，
清亮亮流出个油哩！
叶帅八十（者）不服老，

迈大步，

新长征要带个头哩！

⑧六句、七句，下句句尾或用双音节语词，或以单音节语词加一语气助词构成双音节。

总之，“花儿”的节拍是以双音节、两字尾为主干的。我们相信，如果联系了曲调来考察，这种双字尾的感觉会更加突出。“花儿”和三字尾的七言民歌显然不属于一个系统。如果说七字句的民歌和近体诗相近，那么“花儿”则和词曲靠得更紧一些。“花儿”的格律比较严谨，很像是一首朴素的小令。四句的“花儿”就其比兴、抒情、说事的结构看，往往可分为两个单元，这和词的分为上下两片，也很相似。这是一个很奇怪的现象。“花儿”是用汉语的少数民族（东乡族、回族）的民歌，为什么它有这样独特的节拍，为什么它能独立存在，自成系统，其间的来龙去脉，我们现在还一无所知。但这是一个很值得探讨，并且非常有趣的问题。

（二）

另一个问题是“花儿”的用韵，更准确一点说是它的“调”——四声。

中国话的分四声，在世界语言里是一个很特别的现象。它在中国的诗律——民歌、诗、词曲、戏曲的格律——里又占着很重要的位置。离开四声，就谈不上中国韵文的格律。然而这是一个非常麻烦的问题。

首先是它的历史情况。四声是什么时候开始有的，众说不一。清代的语言学家就为此聚讼不休。争论的焦点是古代有无上去两声。直到近代，尚无定论。有人以为古代只有平入两声，上去是中古才分化出来的（如王了一）；有的以为上去古已有之（如周祖谟）。从作品看，我觉得至少《诗经》和《楚辞》时代已经有了四声——有了上去两声了，民歌的作者已经意识到，并在作品中体现了他们的认识。

比如《卿云歌》：

卿云烂兮，纠缦缦兮，
日月光华，旦复旦兮。

小时读这首民歌，还不完全懂它的意思，只觉得一片光明灿烂，欢畅喜悦，很受感动。这种华丽的艺术效果，无疑是由一连串的去声韵脚所造成的。

又如《九歌・礼魂》：

成礼兮会鼓，
传芭兮代舞，
姱女倡兮容与，
春兰兮秋菊，
长无绝兮终古。

年轻时读到这里，不仅听到震人肺腑的沉重的鼓声，也感受到对于受享的诸神的虔诚的诵颂之情。这种堂皇的艺术效果，也无疑是由一连串的上声韵脚所造成的。

古今音不同，我们不能完全真切地体会到这两首民歌歌词的音乐性，但即以现代的语音衡量，这两首民歌的声音之美，是不容怀疑的。

从实践上看，上去两声的存在是相当久远的事，两者的调值也是有明显的区别的。至于平声、入声的存在，自不待言。

麻烦出在把四声分成平仄。这不知道究竟是什么时候的事。旧说沈约的《四声谱》把上去入归为仄声。不知道有什么根据。中国的语音从来不统一，这样的划分不知是根据什么时代、什么地区的语音来定的。我们设想，也许古代语言的平声没有分化成为阴平阳平，它是平的——“平声平道莫低昂”。入声古今变化似较小，它是促音，“入声短促急收藏”。上去两声，从历来的描摹，实在叫人摸不着头脑。也许在一定时期，上去入是“不平”的，即有升有降的。但是平仄的规定，是在律诗确定的时候。或者更准确地说，是在唐代以律诗取士的时候。我很怀疑，这是官修的韵书所定，带有很大的人为的成分。我就不相信说四川话（当时的四川话）的李白和说河南话的杜甫，对于四声平仄的耳感是一致的。

就现代语言说，“平仄”对举是根本讲不通的。大部分方言平声已经分化成为阴平阳平。阴平在很多地区是高平调，可以说是平声。但有些地区是降调，既不高，也不平，如天津话和扬州话。阳平则多数地区都不“平”。或为升调，如北京话；或为降调，如四川、湖南话。现在还把阴平阳平算作一家，有些勉强。至于上去两声，相距更远。拿北京话来说，上声是降升调，去声是降调，说不出有共同之处。把上去入三声挤在一个大院里，更是不近情理。

因此，我们说平仄是一个带有人为痕迹的历史现象，在现代民歌和诗的创作里沿用平仄的概念，是一个不合实际的习惯势力。

沿用平仄的概念带来了不好的后果，一是阴平阳平相混；一是仄声通押，特别是上去通押。

阴平、阳平相混，问题小一些。因为有相当地区的阳平调值较高，与阴平比较接近。

大部分民歌和近体诗都是押平声韵的。为什么会这样，照王了一先生猜想，以为大概是因为它便于"曼声歌唱"。乍听似乎有理。但是细想一下，也不尽然。上去两声在大部地区的语言里都是可以延长、不妨其为曼声歌唱的。要说不便于曼声歌唱的，其实只有入声，因为它很短促。然而，词曲里偏偏有很多押入声韵的牌子，这是什么道理？然而，民歌、诗，乃至词曲，平声韵多，这是事实。如果阴平、阳平有某种相近之处，听起来或者不那么太别扭。

麻烦的是还有一些仄韵的民歌和近体诗。

本来这是不成问题的。照唐以前的习惯，仄韵诗中上去入不能通押。王了一先生在《汉语诗律学》里说："汉字共有平上去入声四个调；平仄格式中虽只论平仄，但是作起仄韵诗来，仍然应该分上去入。上声和上声为韵，去声和去声为韵，入声和入声为韵；偶然有上去通押的例子，都是变例。"不但近体诗是这样，古体诗也是这样。杜甫和李颀的许多多到几十韵的长篇歌行，都没有上去通押。白居易的《琵琶行》和《长恨歌》，照今天的语音读起来，间有上去通押处，但极少。

由此而见，唐人认为上去有别，上去通押是不好听的。

“花儿”的歌手也是意识到这一点的。我统计了一下《民间文学》一九七九年第一期发表的“花儿”，用平韵的十首，用仄韵的三十四首，仄韵多于平韵。仄韵中去上通押的也有，但不多，绝大部分是上声押上声，去声押去声。试看：

五月端阳插柳哩，牡丹开在路口哩，
华主席英明领导哩，精神咋能不有哩？

榆木安了镢把了，一切困难不怕了，
华主席的恩情记下了，劳动劲头越大了。

这样的严别上去，在民歌里显得很突出。

“花儿”的押韵还有一个十分使人惊奇的现象，是它有间行为韵这一体，上句和上句押，下句和下句押，就是西洋诗里的ABAB，如：

南山的云彩里有雨哩，
地下的青草（们）长哩；
毛主席的恩情暖在心底哩，
年年（吧）月月地想哩。

“雨”和“底”协，“长”和“想”协。

东拐西弯的洮河水，（A）
不停（哈）流，（×）

把两岸的庄稼（们）浇大;（B）
南征北战的老前辈,（A）
朱委员长,（×）
把您的功德（者）记下。（B）

千年的苦根子毛主席拔了,（A）
高兴（者）把“花儿”漫了;（B）
“四人帮”就像黑霜杀,（A）
我问你,（×）
唱“花儿”把啥法犯了？！（B）

这样的间行为韵，共有七首，约占《民间文学》这一期发表的“花儿”总数的六分之一，不能说是偶然的现象。我后来又翻了《民间文学集刊》和过去的《民间文学》发表的“花儿”，证实这种押韵方式大量存在，这是“花儿”押韵的一种定格，无可怀疑。

间句为韵的一种常见的办法是两个上句或两个下句的句尾语词相同，如：

麦子拔下了草丢下，麻雀抱两窝蛋呢;
阿哥走了魂丢下，小妹妹做两天伴呢。

石崖吧头上的穗穗草，风刮着摆天下呢;
身子边尕妹的岁数小，疼模样占天下呢。

“花儿”还有一种非常精巧的押韵格式：四句的句尾押一个韵；而上句和上句的句尾的语词，下句和下句句尾前的语词又互相押韵。无以名之，姑且名之曰“复韵”，如：

冰冻三尺口子开，雷响了三声（者）雨来；
爱情缠住走不开，坐下是无心肠起来。

这里“开”和“来”为韵，“口”和“走”为韵，“雨”和“起”又为韵。

十样景装的（者）箱子里，小圆镜装的（者）柜子里；
我冤枉装的（者）腔子里，我相思病的（者）内里。

这里四个“里”字是韵，“箱子”“腔子”为韵，“柜”“内”又为韵。

间句为韵，古今少有。苏东坡有一首七律，除了双数句押韵外，单数句又互押一个韵，当时即被人认为是“奇格”。苏东坡写这样的诗是偶一为之，但这说明他意识到这样的押韵是有其妙处的。像“花儿”这样大量运用间行为韵，而且押得这样精巧，押出这样多的花样，真是令人惊叹！这样的间行为韵有什么好处呢？好处当然是有的，这就是比双句入韵、单句不入韵可以在声音上造成更为鲜明的对比，更大幅度的抑扬。我很希望诗人、戏曲作者能在作品里引进这种 ABAB 的韵格。在常见的 AA×A 和 ×A×A 的两种押韵格式之外，增加一种新的（其实是本来就有的）格式，将会使我们的格律更丰富一些，更活泼一些。

“花儿”押韵的一个优点是韵脚很突出。原因是一句的韵脚也就是一句的逻辑和感情的重音。有些仿民歌体的新诗，也用了韵了，但是不那么突出，韵律感不强，虽用韵仍似无韵，诗还是哑的。原因之一，就是意思是意思，韵是韵，韵脚不在逻辑和感情重点上，好像是附加上去的。“花儿”的作者是非常懂得用韵的道理的，他们长于用韵，善于用韵，用得很稳，很俏，很好听，很醒脾。韵脚，是“花儿”的灵魂。删掉或者改掉一个韵脚，这首“花儿”就不存在了。

（三）

综上所述，我们可以为“花儿”的格律作一小结，以赠有志向民歌学习的新诗人：

（1）“花儿”多用双音节的句尾，即两字尾。学习它，对突破仿民歌体新诗的三字尾是有帮助的。汉语的发展趋势是双音节的词汇逐渐增多，完全用三字尾作诗，有时不免格格不入。有的同志意识到这一点，出现了一些吸收词曲格律的新诗，如朔望同志的某些诗，使人感到面目一新。向词曲学习，是突破三字尾的一法，但还有另一法，是向“花儿”这样的民歌学习。我并不同意完全废除三字尾，三字尾自有其方兴未艾的生命。我只是主张增入两字尾，使民歌体的新诗的格律更丰富多样一些。

（2）“花儿”是严别四声的。它没有把语言的声调笼统地分为平仄两大类。上去通押极少。上声和上声为韵，去声和去声为韵，在声音上取得更好的效果。上去通押，因受唐以来仄声说的影响，在多数诗人认为是名正言顺、理所当然的事。其实这是一种误会，这在耳感上是不顺的，是会影响艺术效果的。希望诗人在押韵时能注意到这一点。

（3）“花儿”的作者对于语言、格律、声韵的感觉是非常敏锐的。他们不觉得守律、押韵有什么困难，这在他们一点也不是负担。反之，离开了这些，他们就成了被剪去翅膀的鸟。据剑虹同志在《试谈“花儿”》中说：“每首‘花儿’的创作时间顶多不能超过三十秒钟。”三十秒钟！三十秒钟，而能在声韵、格律上如此的精致，如此的讲究，真是难能之至！其中奥妙何在呢？奥妙就在他们赖以思维的语言，就是这样有格律的、押韵的语言。他们是用诗的语言来想的。莫里哀戏剧里的汝尔丹先生说了四十多年的散文，民歌的歌手一辈子说的（想的和唱的）是诗。用合乎格律、押韵的、诗的语言来思维（不是想了一个散文的意思再翻译为诗），这是我们应该向民歌手学习的。我们要学习他们，训练自己的语感、韵律感。

我对于民歌和诗的知识都很少，对语言声韵的知识更是等于零，只是因为有一些对于民歌和诗歌创作的热情，发了这样一番议论。

我希望，能加强对于诗和民歌的格律的研究。

一九七九年二月六日初稿

三月二十二日改成

注释

原载《民间文学》一九七九年六月号 。

从戏剧文学的角度看京剧的危机

京剧的确存在着危机。从文学史的发展，从它和杂剧、传奇所达到的文学高度的差距来看；从它和“五四”以来新文学发展的关系来看；从它和三十年来的其他文学形式新诗、小说、散文的成就特别是近三年来小说和诗的成就相比较来看，京剧是很落后的。

决定一个剧种的兴衰的，首先是它的文学，而不是唱做念打。应该把京剧和艾青的诗，高晓声、王蒙的小说放在一起比较一下，和话剧《伽利略传》比较一下，这样才能看出问题。不少人感觉到并且承认京剧存在着危机，一个重要的现象是观众越来越少了，尤其是青年观众少了。京剧脱离了时代，脱离了整整一代人。

很多人说，中国的戏曲在世界戏剧中有自己独特的地位，有它自成一套的体系。但是中国戏曲的体系究竟是什么呢？到现在还没有人说出个所以然来，我希望有人能迅速写出几本谈中国体系的书，这样讨论问题时才有所依据。否则你说你写的是一个戏曲剧本，他说不是，是一个有几段台词的什么别的东西；你说你继承了传统，他说你脱离了传统，聚讼纷纭，莫衷一是。弄清了体系，才能发展京剧。为了适应四个现代化，我认为京剧本身有个现代化的问题。

我认为所有的戏曲都应该是现代戏。把戏曲区别为传统戏、新编历史戏和现代戏是不科学的。经过整理加工、加工得好的传统戏，新编的历史题材的戏，现代题材的戏，都应该是“现代戏”。就是说，都应该具有当代的思想、符合现代的审美观点、用现代的方法创作，使人对当代生活中的问题进行思索。整理传统戏、新编历史剧和现代戏，只是题材的不同，没有目的和方法的不同。不能说写现代题材用一种创作方法，写历史题材是用另一种创作方法。

但是大量的未经整理的京剧传统戏所用的创作方法是陈旧的。从戏剧文学的角度来看，传统京剧存在这样一些问题：

一、陈旧的历史观。传统戏大部分取材于历史，但严格来讲，它不能叫作历史剧，只能叫作“讲史剧”。宋朝说话人有四家，其中有一家叫“讲史”。中国戏曲对于历史的认识也脱不出这些讲史家的认识。中国戏曲的材料，往往不是从历史而是从演义小说里找来的，很多是歪曲了历史的本来面目的，我们今天的一个艰巨任务就是还历史以本来面目。这首先就要创作出大量的历史题材的新戏，把一些老戏代替掉。比如诸葛亮这个人，是个伟大的政治家、军事家；他一生的遭遇也很有戏剧性。大家都知道他的一句名言:“鞠躬尽瘁，死而后已”，这是两句很沉痛的话，他是在一种很困难的环境中去从事几乎没有希望的兴国事业的，本身就带有很大的悲剧性。我们为什么不可以脱掉他身上的八卦衣写一个历史上真正的诸葛亮呢？另一个任务是对传统戏加工整理。这种整理是脱胎换骨，点石成金，化腐朽为神奇的工作，在某种程度上它比新创作一个历史题材的戏的难度还要大一些，从这个角度上说中国戏曲是一个大包袱，我以为是很有道理的。也许我说得夸张一些，从原则上讲，几乎没有一出戏可以原封不动地在社会主义舞台上演出。

二、人物性格的简单化。中国戏曲有少数是写出深刻复杂的人物性格的，突出的例子是宋士杰，宋士杰真正够得上是一个典型。“十七年”整理传统戏最成功的一出是《十五贯》，我以为这是真正代表“十七年”戏曲工作成就的一出戏，它所达到的水平，比《将相和》《杨门女将》更高一些，因为它写了况钟这样一个人物，写得那样具体，那样丰富，不带一点概念化和主题先行的痕迹。其余的人物也都写得有特色，可信。但可惜像宋士杰、况钟这样的典型在中国戏曲里是太少了。这和中国戏曲脱胎于演义小说是有关系的。演义小说一般只讲故事，很少塑造人物。戏曲既然多从演义小说中取材，自然也会受到影响，这是不奇怪的。欧洲文艺复兴前后的小说，也多半只是讲故事，很少有人物性格。着重描写人物，刻画他的内心世界，这是十八、十九世纪以后的事。今天，写简单的人物性格，类似写李逵、张飞、牛皋的戏，也还有人要看，比如农民。但是对看过巴尔扎克等小说的知识青年，这样简单化的性格描写是满足不了他们的艺术要求的。

是否中国人的性格，或者说中国古人的性格本来就简单呢？也不是。比如汉武帝这个人的性格就相当复杂。他把自己的太子逼得造了反，太子死后，他又后悔，盖了一座宫叫“思子宫”，一个人坐在里面想儿子。历史上有性格的人很多，这方面的题材是取之不尽的。

对历史剧鼓励、提倡什么题材，会带来概念化和主题先行，往往会让某一段历史生活或某一个历史人物去注解这个主题。“十七年”戏曲工作的缺点之一，就是鼓励、提倡某些题材，因而使题材狭窄了，带来概念化和主题先行的后果。这种倾向，即使在比较优秀的剧目中也在所难免。题材，还是让作者自己去发现，他看了某一段记载，欣然命笔，才能写出才华横溢的作品。“十七年”，我们对历史剧的创作方法上还有一个误会，就是企图在剧本里写出某个人物在历史上的作用，这实际上是在写史论，而不是写剧本。我认为，“作用”是无法表现的，只能由后代的历史学家去评价，剧本里只能写人物，写性格。

人物性格总是复杂的，简单的性格同时也是肤浅的性格，必然缺乏深度。现在有些清官戏、包公戏，做了错事自我责备的一些戏，说了一些听起来很解气的话，我以为这样的戏只能快意于一时，不会长久，因为人物性格简单。

三、结构松散。有些京剧的结构很严谨，如《四郎探母》。但大多数剧本很松散。为什么戏曲里有很多折子戏？因为一出戏里只有这几折比较精彩，全剧却很松散，也很无味。今天的青年看这种没头没尾的折子戏，是不感兴趣的。我曾想过，很多优秀的折子戏，应该重新给它装配齐全，搞成一出完整的戏，但是这工作很难。

四、语言粗糙。京剧里有一些语言是很不错的。比如《桑园寄子》的“走青山望白云家乡何在”，真是有情有景。《四郎探母》的唱词也是写得好的，“见娘”的[倒板]、[回龙]、[二六]的唱词写得很动人，“每日花开儿的心不开”真是恰到好处，这段唱和锣鼓、身段的配合，简直是天衣无缝。《打渔杀家》出门和上船后父女之间的对白，具有生活气息，非常感人。宋士杰居然唱出了“宋士杰与你是哪门子亲”这样完全口语化的唱词，老艺人能把这句唱词照样唱出来，而且唱得这样一波三折，很有感情，真是叫人佩服。但是这样的唱词念白在京剧里不多，称得上是剧诗的唱念尤少。

京剧的语言和《西厢记》《董西厢》是不能比的，京剧里也缺少《琵琶记》“吃糠”和“描容”中那样真切地写出眼前景、心中情的感人唱词。传奇的唱词写得空泛一些，但是有些可取的部分，京剧也没有继承下来。京剧没有能够接上杂剧、传奇的传统，是它的一个很大的先天性的弱点。

京剧的文学性比起一些地方大戏，如川剧、湘剧，也差得很远。

京剧缺少真正的幽默感，因此缺乏真正的喜剧，川剧里许多极有趣的东西，一移植为京剧就会变成毫无余味的粗俗的笑料。

京剧也缺少许多地方小戏所特具的生活气息，可以这样比喻：地方戏好比水果，到了京剧就成了果子干；地方戏是水萝卜，京剧是大腌萝卜，原来的活色生香，全部消失。

“四人帮”尚未插手之前的现代戏创作中，有的剧作者曾有意识地把从生活中来、具有一定生活哲理的语言引进京剧里来，比如《红灯记》里的“里里外外一把手，穷人的孩子早当家”，《沙家浜》里的“人一走，茶就凉”等，这证明京剧还是可以容纳一些有生活气息、比较深刻的语言的。可惜这些后来都被那些假大空的豪言壮语所取代了。

京剧里有大量不通的唱词，如《花田错》里的“桃花更比杏花黄”，《斩黄袍》里的“天作保来地作保，陈桥扶起龙一条”，《二进宫》的唱词几乎全不通。我以为要挽救京剧，要提高京剧的身价，要争取青年尤其是知识青年观众，就必须提高京剧的语言艺术，提高其可读性。巴金同志看了曹禺同志的《雷雨》说：“你这个剧本不但可以演，也是可以读的。”我们不赞成只能供阅读，不能供搬演的“案头剧本”；也不赞成只能供上场搬演，而不能供案头阅读的剧本。可惜这种既能演又能读的剧本现在还不多。《人民文学》可以发表曹禺的《王昭君》，为什么不能发表一个戏曲剧本呢？戏曲剧作者常常说自己低人一等，被人家看不起。当然，这种社会风气是不公平的，但戏曲剧作者自己也要争气，把剧本的文学性提得高高的，把词儿写得棒棒的，叫诗人、小说家折服。

很多同志对现代戏很关心，认为困难很大。我对现代戏倒是比较乐观的，因为它没有包袱。我以为比较难解决的倒是传统戏，如果传统戏的问题，即陈旧的历史观、陈旧的创作方法、人物性格的简单化的问题解决了，则现代戏的问题也比较好解决。如果创作方法不改变，京剧不但表现现代题材有困难，真正要深刻地表现历史题材也有困难。

我认为京剧确实存在危机，而且是迫在眉睫。怎样解决，我开不出药方。但在文学史上有一条规律：凡是一种文学形式衰退

一九九六年，在虎坊桥寓所

了的时候，挽救它的只有两种东西，一是民间的东西，一是外来的东西。京剧要向地方戏学习，要接受外国的影响，我主张京剧院团把门窗都打开，接受一点新鲜空气，借以恢复自己的活力。

注释

原载《人民戏剧》一九八〇年第十期。

《汪曾祺短篇小说选》自序

近年来有人称我为老作家了，这对我是新鲜事。老则老矣，已经六十一岁；说是作家，则还很不够。我多年来不觉得我是个作家。我写得太少了。

我写小说，是断断续续，一阵一阵的。开始写作的时间倒是颇早的。第一篇作品大约是一九四〇年发表的。那是沈从文先生所开“各体文习作”课上的作业，经沈先生介绍出去的。大学时期所写，都已散失。此集中所收的第一篇《复仇》，可作为那一时期的一个代表，虽然写成时我已经离开大学了。一九四六、一九四七年在上海，写了一些，编成一本《邂逅集》。此集的前四篇即选自

《邂逅集》。这次编集时都做了一些修改，但基本上保留了原貌。解放后长期担任编辑，未写作。一九五七年偶然写了一点散文和散文诗。一九六一年写了《羊舍一夕》。因为少年儿童出版社约我出一个小集子（听说是萧也牧同志所建议），我又接着写了两篇。一九七九年到一九八一年写得多一些，这都是几个老朋友怂恿的结果。没有他们的鼓励、催迫，甚至责备，我也许就不会再写小说了。深情厚谊，良可感念，于此谢之。

我的一些小说不大像小说，或者根本就不是小说。有些只是人物素描。我不善于讲故事。我也不喜欢太像小说的小说，即故事性很强的小说。故事性太强了，我觉得就不大真实。我的初期的小说，只是相当客观地记录对一些人的印象，对我所未见到的，不了解的，不去以意为之做过多的补充。后来稍稍展开一些，有较多的虚构，也有一点点情节。

有人说我的小说跟散文很难区别，是的。我年轻时曾想打破小说、散文和诗的界限。《复仇》就是这种意图的一个实践。后来在形式上排除了诗，不分行了，散文的成分是一直明显地存在着的。所谓散文，即不是直接写人物的部分。不直接写人物的性格、心理、活动。有时只是一点气氛。但我以为气氛即人物。一篇小说要在字里行间都浸透了人物。作品的风格，就是人物性格。

我的小说的另一个特点是：散。这倒是有意为之。我不喜欢布局严谨的小说，主张信马由缰，为文无法。苏轼说："大略如行云流水，初无定质；但常行于所当行，常止于所不可不止。文理自然，姿态横生"（《答谢民师书》）；又说："吾文如万斛泉源，不择地而出，在平地滔滔汩汩，虽一日千里无难。及其与山石曲折，随物赋形而不可知也"（《文说》）。虽不能至，心向往之。

我的小说的题材，大都是不期然而遇，因此我把第一个集子定名为“邂逅”。因此，我的创作无计划可言。今后写什么，一点不知道。但如果身体还好，总还能再写一点吧。恐怕也还是断断续续，一阵一阵的。

是为序。

一九八一年四月二十二日

注释

原载《汪曾祺短篇小说选》，北京出版社，一九八二年二月。

揉面——谈语言运用

揉面

使用语言，譬如揉面。面要揉到了，才软熟，筋道，有劲儿。水和面粉本来是两不相干的，多揉揉，水和面的分子就发生了变化。写作也是这样，下笔之前，要把语言在手里反复团弄。我的习惯是，打好腹稿。我写京剧剧本，一段唱词，二十来句，我是想得每一句都能背下来，才落笔的。写小说，要把全篇大体想好。怎样开头，怎样结尾，都想好。在写每一段之间，我是想得几乎能背下来，才写的（写的时候自然会又有些变化）。写出后，如果不满意，我就把原稿扔在一边，重新写过。我不习惯在原稿上涂改。在原稿上涂改，我觉得很别扭，思路纷杂，文气不贯。

曾见一些青年同志写作，写一句，想一句。我觉得这样写出来的语言往往是松的，散的，不成“个儿”，没有咬劲。

有一位评论家说我的语言有点特别，拆开来看，每一句都很平淡，放在一起，就有点味道。我想谁的语言不是这样？拆开来，不都是平平常常的话？

中国人写字，除了笔法，还讲究“行气”。包世臣说王羲之的字，看起来大大小小，单看一个字，也不见怎么好，放在一起，字的笔画之间，字与字之间，就如“老翁携举幼孙，顾盼有情，痛痒相关”。安排语言，也是这样。一个词，一个词；一句，一句；痛痒相关，互相映带，才能姿势横生，气韵生动。

中国人写文章讲究“文气”，这是很有道理的。

自铸新词

托尔斯泰称赞过这样的语言：“菌子已经没有了，但是菌子的气味留在空气里”，以为这写得很美。好像是屠格涅夫曾经这样描写一棵大树被伐倒：“大树叹息着，庄重地倒下了。”这写得非常真实。“庄重”，真好！我们来写，也许会写出“慢慢地倒下”“沉重地倒下”，写不出“庄重”。鲁迅的《药》这样描写枯草：“枯草支支直立，有如铜丝。”大概还没有一个人用“铜丝”来形容过稀疏瘦硬的秋草。《高老夫子》里有这样几句话：“我没有再教下去的意思。女学堂真不知道要闹成什么样子。我辈正经人，确乎犯不上酱在一起……”“酱在一起”，真是妙绝（高老夫子是绍兴人。如果写的是北京人，就只能说“犯不上一块儿掺和”，那味道可就差远了）。

我的老师沈从文在《边城》里两次写翠翠拉船，所用字眼不一样。一次是：

> 有时过渡的是从川东过茶峒的小牛，是羊群，是新娘子的花轿，翠翠必争着做渡船夫，站在船头，懒懒地攀引缆索，让船缓缓地过去。

又一次是：

> 翠翠斜睨了客人一眼，见客人正盯着她，便把脸背过去，抿着嘴儿，不声不响，很自负地拉着那条横缆。

“懒懒地”“很自负地”，都是很平常的字眼，但是没有人这样用过。要知道盯着翠翠的客人是翠翠所喜欢的傩送二老，于是“很自负地”四个字在这里就有了很多很深的意思了。

我曾在一篇小说里描写过火车的灯光：“车窗蜜黄色的灯光连续地映在果园东边的树墙子上，一方块，一方块，川流不息地追赶着”；在另一篇小说里描写过夜里的马：“正在安静地、严肃地咀嚼着草料”，自以为写得很贴切。“追赶”“严肃”都不是新鲜字眼，但是它表达了我自己在生活中捕捉到的印象。

一个作家要养成一种习惯，时时观察生活，并把自己的印象用清晰的、明确的语言表达出来。写下来也可以。不写下来，就记住（真正用自己的眼睛观察到的印象是不易忘记的）。记忆里保存了这种经用语言固定住的印象多了，写作时就会从笔端流出，不觉吃力。

语言的独创，不是去杜撰一些“谁也不懂的形容词之类”。好的语言都是平平常常的，人人能懂，并且也可能说得出来的语言——只是他没有说出来。人人心中所有，笔下所无。“红杏枝头春意闹”“满宫明月梨花白”，都是这样。“闹”字、“白”字，有什么稀奇呢？然而，未经人道。

写小说不比写散文诗，语言不必那样精致。但是好的小说里总要有一点散文诗。

语言要和人物贴近

我初学写小说时喜欢把人物的对话写得很漂亮，有诗意，有哲理，有时甚至很“玄”。沈从文先生对我说：“你这是两个聪明脑袋打架！”他的意思是说这不像真人说的话。托尔斯泰说过：“人是不能用警句交谈的。”

尼采的“苏鲁支语录”是一个哲人的独白。纪伯伦的《先知》讲的是一些箴言。这都不是人物的对话。《朱子语录》是讲道经，谈学问的，倒是谈得很自然，很亲切，没有那么多道学气，像一个活人说的话。我劝青年同志不妨看看这本书，从里面可以学习语言。

《史记》里用口语记述了很多人的对话，很生动。“夥颐，涉之为王沈沈者！”写出了陈涉的乡人乍见皇宫时的惊叹（“夥颐”历来的注家解释不一，我以为这就是一个状声的感叹词，用现在的字写出来就是：“嗬咦！”）。《世说新语》里记录了很多人的对话，寥寥数语，风度宛然。张岱记两个老者去逛一处林园，婆娑其间，一老者说：“直是蓬莱仙境了也！”另一老者说：“箇边哪有这样！”生动之至，而且一听就是绍兴话。《聊斋志异·翩翩》写两个少妇对话：“一日，有少妇笑入！曰：‘翩翩小鬼头快活死！薛姑子好梦几时做得？’女迎笑曰：‘花城娘子，贵趾久弗涉，今日西南风紧，吹送来也！——小哥子抱得未？’曰：‘又一小婢子。’女笑曰：‘花娘子瓦窑哉！——那弗将来？’曰：‘方呜之，睡却矣。’”这对话是用文言文写的，但是神态跃然纸上。

写对话就应该这样，普普通通，家长里短，有一点人物性格、神态，不能有多少深文大义。——写戏稍稍不同，戏剧的对话有时可以“提高”一点，可以讲一点“字儿话”，大篇大论，讲一点哲理，甚至可以说格言。

可是现在不少青年同志写小说时，也像我初学写作时一样，喜欢让人物讲一些他不可能讲的话，而且用了很多辞藻。有的小说写农民，讲的却是城里的大学生讲的话，——大学生也未必那样讲话。

不单是对话，就是叙述、描写的语言，也要和所写的人物“靠”。

我最近看了一个青年作家写的小说，小说用的是第一人称，小说中的“我”是一个才入小学的孩子，写的是“我”的一个同桌的女同学，这未尝不可。但是这个“我”对他的小同学的印象却是：“她长得很纤秀。”这是不可能的。小学生的语言里不可能有这个词。

有的小说，是写农村的。对话是农民的语言，叙述却是知识分子的语言，叙述和对话脱节。

小说里所描写的景物，不但要是作者眼中所见，而且要是所写的人物的眼中所见。对景物的感受，得是人物的感受。不能离开人物，单写作者自己的感受。作者得设身处地，和人物感同身受。小说的颜色、声音、形象、气氛，得和所写的人物水乳交融，浑然一体。就是说，小说的每一个字，都渗透了人物。写景，就是写人。

契诃夫曾听一个农民描写海，说:“海是大的。”这很美，一个农民眼中的海也就是这样。如果在写农民的小说中，有海，说海是如何苍茫、浩瀚、蔚蓝……统统都不对。我曾经坐火车经过张家口坝上草原，有几里地，开满了手掌大的蓝色的马兰花，我觉得真是到了一个童话的世界。我后来写一个孩子坐火车经过这片地，本是顺理成章，可以写成：他觉得到了一个童话的世界。但是我不能这样写，因为这个孩子是个农村的孩子，他没有念过书，在他的语言里没有“童话”这样的概念。我只能写：他好像在一个梦里。我写一个从山里来的放羊的孩子看一个农业科学研究所的温室，温室里冬天也结黄瓜，结西红柿：西红柿那样红，黄瓜那样绿，好像上了颜色一样。我只能这样写。“好像上了颜色一样”，这就是这个放羊娃的感受。如果稍为写得华丽一点，就不真实。

有的作者有鲜明的个人风格，可以不用署名，一看就知是某人的作品。但是他的各篇作品的风格又不一样。作者的语言风格每因所写的人物、题材而异。契诃夫写《万卡》和写《草原》、《黑修士》所用的语言是很不相同的。作者所写的题材愈广泛，他的风格也就愈易多样。

我写的《徙》里用了一些文言的句子，如“呜呼，先生之泽远矣！”“墓草萋萋，落照昏黄，歌声犹在，先生邈矣。”因为写的是一个旧社会的国文教员。写《受戒》《大淖记事》，就不能用这样的语言。

作者对所写的人物的感情、态度，决定一篇小说的调子，也就是风格。鲁迅写《故乡》、《伤逝》和《高老夫子》、《肥皂》的感情很不一样。对闰土、涓生有深浅不同的同情，而对高尔础、四铭则是不同的厌恶。因此，调子也不同。高晓声写《拣珍珠》和《陈奂生上城》的调子不同，王蒙的《说客盈门》和《风筝飘带》几乎不像是一个人写的。我写的《受戒》《大淖记事》，抒情的成分多一些，因为我很喜爱所写的人;《异秉》里的人物很可笑，也很可悲悯，所以文体上也是亦庄亦谐。

我觉得一篇小说的开头很难，难的是定全篇的调子。如果对人物的感情、态度把握住了，调子定准了，下面就会写得很顺畅。如果对人物的感情、态度把握不稳，心里没底，或是有什么顾虑，往往就会觉得手生荆棘，有时会半途而废。

作者对所写的人、事，总是有个态度，有感情的。在外国叫作“倾向性”，在中国叫作“褒贬”。但是作者的态度、感情不能跳出故事去单独表现，只能融化在叙述和描写之中，流露于字里行间，这叫作“春秋笔法”。

正如恩格斯所说：倾向性不要特别地说出。

一九八二年一月八日

注释

原载《花溪》一九八二年第三期，后与作者另一篇文章《语言是艺术》合并为《“揉面”——谈语言》。

小说笔谈

语 言

在西单听见交通安全宣传车播出:“横穿马路不要低头猛跑”,我觉得这是很好的语言。在校尉营一派出所外宣传夏令卫生的墙报上看到一句话:“残菜剩饭必须回锅见开再吃”,我觉得这也是很好的语言。这样的语言真是可以悬之国门,不能增减一字。

语言的目的是使人一看就明白,一听就记住。语言的唯一标准,是准确。

北京的店铺,过去都用八个字标明其特点。有的刻在匾上,有的用黑漆漆在店面两旁的粉墙上,都非常贴切。“尘飞白雪,品重红绫”，这是点心铺。“味珍鸡跖，香渍豚蹄”是桂香村。煤铺的门额上写着“乌金墨玉，石火光恒”，很美。八面槽有一家“老娘”（接生婆）的门口写的是：“轻车快马，吉祥姥姥”，这是诗。

店铺的告白，往往写得非常醒目。如“照配钥匙，立等可取”。在西四看见一家，门口写着：“出售新藤椅，修理旧棕床”，很好。过去的澡堂，一进门就看见四个大字：“各照衣帽”，真是简到不能再简。

《世说新语》全书的语言都很讲究。

同样的话，这样说，那样说，多几个字，少几个字，味道便不同。张岱记他的一个亲戚的话：“你张氏兄弟真是奇。肉只是吃，不知好吃不好吃；酒只是不吃，不知会吃不会吃。”有一个人把这几句话略改了几个字，张岱便斥之为“伧父”。

一个写小说的人得训练自己的“语感”。

要辨别得出，什么语言是无味的。

结　构

戏剧的结构像建筑，小说的结构像树。

戏剧的结构是比较外在的、理智的。写戏总要有介绍人物，矛盾冲突、高潮（写戏一般都要先有提纲，并且要经过讨论），多少是强迫读者（观众）接受这些东西的。戏剧是愚弄。

小说不是这样。一棵树是不会事先想到怎样长一个枝子，一片叶子，再长的。它就是这样长出来了。然而这一个枝子，这一片叶子，这样长，又都是有道理的。从来没有两个树枝、两片树叶是长在一个空间的。

小说的结构是更内在的，更自然的。

我想用另外一个概念代替“结构”——节奏。

中国过去讲“文气”，很有道理。什么是“文气”？我以为是内在的节奏。“血脉流通”“气韵生动”，说得都很好。

小说的结构是更精细，更复杂，更无迹可求的。

苏东坡说：“但常行于所当行，常止于所不可不止”，说的是结构。

章太炎《菿汉微言》论汪容甫的骈体文，“起止自在，无首尾呼应之式”。写小说者，正当如此。

小说的结构的特点，是：随便。

叙事与抒情

现在的年轻人写小说是有点爱发议论。夹叙夹议，或者离开故事单独抒情。这种议论和抒情有时是可有可无的。

法朗士专爱在小说里发议论。他的一些小说是以议论为主的，故事无关重要。他不过借一个故事多发表一通牵涉到某一方面的社会问题的大议论。但是法朗士的议论很精彩，很警辟，很深刻。法朗士是哲学家，我们不是。我们发不出很高深的议论。因此，不宜多发。

倾向性不要特别地说出。

一件事可以这样叙述，也可以那样叙述。怎样叙述，都有倾向性。可以是超然的、客观的、尖刻的、嘲讽的（比如鲁迅的《肥皂》《高老夫子》），也可以是寄予深切的同情的（比如《祝福》《伤逝》）。

董解元《西厢记》写张生和莺莺分别："马儿登程，坐车儿归舍；马儿往西行，坐车儿往东拽：两口儿一步儿离得远如一步也！"这是叙事。但这里流露出董解元对张生和莺莺的恋爱的态度，充满了感情。"一步儿离得远如一步也"，何等痛切。作者如无深情，便不能写得如此痛切。

在叙事中抒情，用抒情的笔触叙事。

怎样表现倾向性？中国的古话说得好：字里行间。

悠闲和精细

写小说就是要把一件平平淡淡的事说得很有情致（世界上哪有许多惊心动魄的事呢）。同样一件事，一个人可以说得娓娓动听，使人如同身临其境；另一个人也许说得索然无味。

《董西厢》是用韵文写的，但是你简直感觉不出是押了韵的。董解元把韵文运用得如此熟练，比用散文还要流畅自如，细致入微，神情毕肖。

写张生问店二哥蒲州有什么可以散心处，店二哥介绍了普救寺：

> 店都知，说一和，道："国家修造了数载余过，其间盖造的非小可，想天宫上光景，赛他不过。说谎后，小人图什么？普天之下，更没两座。"张生当时听说破，道："譬如闲走，与你看去则个。"

张生与店二哥的对话，语气神情，都非常贴切。"说谎后，小人图什么"，活脱是一个二哥的口吻。

写张生游览了普救寺，前面铺叙了许多景物，最后写：

张生觑了，失声地道：“果然好！”频频地稽首。欲待问是何年建，见梁文上明写着：“垂拱二年修”。

这真是神来之笔。“垂拱二年修”，“修”字押得非常稳。这一句把张生的思想活动、神情、动态，全写出来了。——换一个写法就可能很呆板。

要把一件事说得有滋有味，得要慢慢地说，不能着急，这样才能体察人情物理，审词定气，从而提神醒脑，引人入胜。急于要告诉人一件什么事，还想告诉人这件事当中包含的道理，面红耳赤，是不会使人留下印象的。

张岱记柳敬亭说武松打虎，武松到酒店里，蓦的一声，店中的空酒坛都嗡嗡作响，说他“闲中著色，精细至此”。

唯悠闲才能精细。

不要着急。

董解元《西厢记》与其说是戏曲，不如说是小说。人民文学出版社出版的《董西厢》的“前言”里说：“它的组织形式和它采取的艺术手法，为后来的戏曲、小说开阔了蹊径”，是很有见识的话。从小说的角度来看，《董西厢》的许多细致处远胜于许多话本。它的许多方法，到现在对我们还有用，看起来还很“新”。

风格和时尚

齐白石在他的一本画集的前面题了四句诗：“冷艳如雪个，来京不值钱。此翁无肝胆，空负一千年。”他后来创出了红花黑叶一派，他的画被买主——首先是那些壁悬名人字画的大饭庄，所接受了。

于非闇开始的画也是吴昌硕式的大写意的。后来张大千告诉他：“现在画吴昌硕式的人这样多，你几时才能出头？”他建议于非闇改画院体的工笔画。于非闇于是改画勾勒重彩。于非闇的画也被北京的市民接受了。

扬州八怪的知音是当时的盐商。

我不以为盐商是不懂艺术的。

艺术是要卖钱的，是要被人们欣赏、接受的。

红花黑叶、勾勒重彩、扬州八怪，一时成为风尚。实际上决定一时风尚的是买主。画家的风格不能脱离欣赏者的趣味太远。

小说也是这样。就是像卡夫卡那样的作家，如果他的小说没有一个人欣赏，他的作品是不会存在的。

但是一个作家的风格总得走在时尚前面一点，他的风格才有可能转而成为时尚。

追随时尚的作家，就会为时尚所抛弃。

注释

原载《天津文艺》一九八二年第一期。

说短

——与友人书

短，是现代小说的特征之一。

短，是出于对读者的尊重。

现代小说是忙书，不是闲书。现代小说不是在花园里读的，不是在书斋里读的。现代小说的读者不是有钱的老妇人，躺在樱桃花的阴影里，由陪伴女郎读给她听。不是文人雅士，明窗净几，竹韵茶烟。现代小说的读者是工人、学生、干部。他们读小说都是抓空儿。他们在码头上、候车室里、集体宿舍、小饭馆里读小说，一面读小说，一面抓起一个芝麻烧饼或者汉堡包（看也不看）送进嘴里，同时思索着生活。现代小说要符合现代生活方式，现代生活的节奏。现代小说是快餐，是芝麻烧饼或汉堡包。当然，要做得好吃一些。

小说写得长，主要原因是情节过于曲折。现代小说不要太多的情节。

以前人读小说是想知道一些他不知道的生活，或者世界上根本不存在的生活。他要读的不是生活，而是故事，或者还加上作者华丽的文笔。现代的读者是严肃的。他们有时也要读读大仲马的小说，但是只是看看玩玩，谁也不相信他编造的那一套。现代读者要求的是真实，想读的是生活，生活本身。现代读者不能容忍编造。一个作者的责任只是把你看到的、想过的一点生活诚实地告诉读者。你相信，这一点生活读者也是知道的，并且他也是完全可以写出来的。作者的责任只是用你自己的方式，尽量把这一点生活说得有意思一些。现代小说的作者和读者之间的界限逐渐在泯除。作者和读者的地位是平等的。最好不要想到我写小说，你看。而是，咱们来谈谈生活。生活，是没有多少情节的。

小说长，另一个原因是描写过多。

屠格涅夫的风景描写很优美。但那是屠格涅夫式的风景，屠格涅夫眼中的风景，不是人物所感受到的风景。屠格涅夫所写的是没落的俄罗斯贵族，他们的感觉和屠格涅夫有相通之处，所以把这些人物放在屠格涅夫式的风景之中还不“硌生”。写现代人，现代的中国人，就不能用这种写景方式，不能脱离人物来写景。小说中的景最好是人物眼中之景，心中之景。至少景与人要协调。现代小说写景，只要是：“天黑下来了……”“雾很大……”“树叶都落光了……”就够了。

巴尔扎克长于刻画人物，画了很多人物肖像，作了许多很长很生动的人物性格描写。这种方式不适用于现代小说。这种方式对读者带有很大的强迫性，逼得人只能按照巴尔扎克的方式观察生活。现代读者是自由的，他不愿听人驱使，他要用自己的眼睛看生活，你只要扼要地跟他谈一个人，一件事，不要过多地描写。作者最好客观一点，尽量闪在一边，让人物自己去行动，让读者自己接近人物。

我不大喜欢“性格”这个词。一说“性格”就总意味着一个奇异独特的人。现代小说写的只是平常的“人”。

小说长，还有一个原因是对话多。

有些小说让人物作长篇对话，有思想，有学问，成了坐而论道或相对谈诗，而且所用的语言都很规整，这在生活里是没有的。生活里有谁这样地谈话，别人将会回过头来看着他们，心想：这几位是怎么了？

对话要少，要自然。对话只是平常的说话，只是于平常中却有韵味。对话，要像一串结得很好的果子。

对话要和叙述语言衔接，就像果子在树叶里。

长，还因为议论和抒情太多。

我并不一般地反对在小说里发议论，但议论必须很富于机智。带有讽刺性的小说常有议论，所谓嬉笑怒骂，皆成文章。

抒情，不要流于感伤。一篇短篇小说，有一句抒情诗就足够了。抒情就像菜里的味精一样，不能多放。

长还有一个原因是句子长，句子太规整。写小说要像说话，要有语态。说话，不可能每一个句子都很规整，主语、谓语、附加语全都齐备，像教科书上的语言。教科书的语言是呆板的语言。要使语言生动，要把句子尽量写得短，能切开就切开，这样的语言才明确。平常说话没有说挺老长的句子的。能省略的部分都省掉。我在《异秉》中写陈相公一天的生活，碾药就写“碾药”，裁纸就写“裁纸”。这两个字就算一句。因为生活里叙述一件事就是这样叙述的。如果把句子写齐全了，就会成为：“他生活里的另一个项目是碾药”“他生活里的又一个项目是裁纸”，那多噜苏！——而且，让人感到你这个人说话像做文章（你和读者的距离立刻就拉远了）。写小说决不能做文章，所用的语言必须是活的，就像聊天说话一样。

现代小说的语言大都是很简短的。从这个意义来说，我觉得海明威比曹雪芹离我更近一些。

鲁迅的教导是非常有益的：竭力将可有可无的字句删去。

我写《徙》，原来是这样开头的：

“世界上曾经有过很多歌，都已经消失了。”

我出去散了一会儿步，改成了：

“很多歌消失了。”

我牺牲了一些字，赢得的是文体的峻洁。

短，才有风格。现代小说的风格，几乎就等于：短。

短，也是为了自己。

注释

原载一九八二年七月一日《光明日报》。

两栖杂述

我是两栖类。写小说，也写戏曲。我本来是写小说的。二十年来在一个京剧院担任编剧。近二三年又写了一点短篇小说。我过去的朋友听说我写京剧，见面时说："你怎么会写京剧呢？——你本来是写小说的，而且是有点儿'洋'的！"他觉得这简直不可思议。有些新相识的朋友，看过我近年的小说后，很诚恳地跟我说："您还是写小说吧，写什么戏呢！"他们都觉得小说和戏——京剧，是两码事，而且多多少少有点觉得我写京剧是糟蹋自己，为我惋惜。我很感谢他们的心意。有些戏曲界的先辈则希望我还是留下来写戏，当我表示我并不想离开戏曲界时，就很高兴。我也很感谢他们的心意。曹禺同志有一次跟我说：“你还是双管齐下吧！”我接受了他的建议。

我小时候没有想过写戏，也没有想过写小说。我喜欢画画。

我的父亲是个画画的，在我们那个县城里有点名气。我从小就喜欢看他画画。每当他把画画的那间屋子打开（他不常画画），支上窗户，我就非常高兴。我看他研了颜色，磨了墨，铺好了纸；看他抽着烟想了一会儿，对着雪白的宣纸看了半天，用指甲或笔杆的一头在纸上比画比画，画几个道道，定了一幅画的间架章法，然后画出几个“花头”（父亲画写意花卉的），然后画枝干、布叶、勾筋、补石、点苔，最后再“收拾”一遍，题款、用印，用摁钉钉在壁上，抽着烟对着它看半天。我很用心地看了全过程，每一步都看得很有兴趣。

我从小学到中学，都“以画名”。我父亲有一些石印的和珂罗版印的画谱，我都看得很熟了。放学回家，路过裱画店，我都要进去看看。

高中毕业，我本来是想考美专的。

我到四十来岁还想彻底改行，从头学画。

我始终认为用笔、墨、颜色来抒写胸怀，更为直接，也更快乐。

我到底没有成为一个画家。

到现在我还有爱看画的习惯，爱看展览会。有时兴之所至，特别是运动中挨整的时候，还时常随便涂抹几笔，发泄发泄。

喜欢画，对写小说，也有点好处。一个是，我在构思一篇小说的时候，有点像我父亲画画那样，先有一团情致，一种意向；然后定间架、画“花头”、立枝干、布叶、勾筋……一个是，可以锻炼对于形体、颜色、“神气”的敏感。我以为，一篇小说，总得有点画意。

我是怎样写起小说来的呢？

除了画画，我的“国文”成绩一直很好。从小学五年级到初中三年级，我的国文老师一直是高北溟先生。为了纪念他，我的小说《徙》里直接用了高先生的名字。他的为人、学问和教学的方法也就像我的小说里所写的那样，——当然不尽相同，有些地方是虚构的。在他手里，我读过的文章，印象最深的是归有光的《项脊轩记》《先妣事略》。

有几个暑假，我还从韦子廉先生学习过。韦先生是专攻桐城派的。我跟着他，每天背一篇桐城派古文。姚鼐的、方苞的、刘大櫆和戴名世的。加在一起，不下百十篇。

到现在，还可以从我的小说里看出归有光和桐城派的影响。归有光以清淡之笔写平常的人情，我是喜欢的（虽然我不喜欢他的正统派思想），我觉得他有些地方很像契诃夫。“桐城义法”，我以为是有道理的。桐城派讲究文章的提、放、断、连、疾、徐、顿、挫，讲“文气”。正好中国画讲“血脉流通”“气韵生动”。我以为，“文气”是比“结构”更为内在、更精微的概念，和内容、思想更有有机联系。这是一个很好的、很先进的概念，比许多西方现代美学的概念还要现代的概念。文气是思想的直接的形式。我希望评论家能把“文气论”引进小说批评中来，并且用它来评论外国小说。

我好像命中注定要当沈从文先生的学生。

我读了高中二年级以后，日本人打到了邻县，我“逃难”在乡下，住在我的小说《受戒》里所写的小和尚庵里。除了高中教科书，我只带了两本书，一本屠格涅夫的《猎人日记》，一本上海一家野鸡书店盗印的《沈从文小说选》。我于是翻来覆去地看这两本书。

我到昆明考大学，报了西南联大中国文学系，就是因为这个大学中文系有朱自清先生、闻一多先生，还有沈先生。

我选读了沈先生的三门课：“各体文习作”、“中国小说史”和“创作实习”。

我追随沈先生多年，受到教益很多，印象最深的是两句话。

一句是：“要贴到人物来写。”

他的意思不大好懂。根据我的理解，有这样几层意思：

一九三九年，汪曾祺考入西南联大，成为闻一多、朱自清、沈从文的学生。

第一，小说是写人物的，人物是主要的、先行的，其余部分都是次要的、派生的。作者要爱所写的人物。沈先生曾说过，对于兵士和农民“怀了不可言说的温爱”。“温爱”，我觉得提得很好。他不说“热爱”，而说“温爱”，我以为这更能准确地说明作者和人物的关系。作者对所写的人物要具有充满人道主义的温情，要有带抒情意味的同情心。

第二，作者要和人物站在一起，对人物采取一个平等的态度。除了讽刺小说，作者对于人物不宜居高临下。要用自己的心贴近人物的心，以人物哀乐为自己的哀乐。这样才能在写作的大部分的过程中，把自己和人物融为一体，语之出自自己的肺腑，也是人物的肺腑。这样才不会做出浮泛的、不真实的、概念的和抄袭借用来的描述。这样，一个作品的形成，才会是人物行动逻辑自然的结果。这个作品是“流”出来的，而不是“做”出来的。人物的身上没有作者为了外在的目的强加于他身上的东西。

第三，人物以外的其他的东西都是附属于人物的。景物、环境，都得服从于人物，景物、环境都得具有人物的色彩，不能脱节，不能游离。一切景物、环境、声音、颜色、气味，都必须是人物所能感受到的。写景，就是写人，是写人物对于周围世界的感觉。这样，才会使一篇作品处处浸透了人物，散发着人物的气息，在不是写人物的部分也有人物。

另外一句话是：“千万不要冷嘲。”

这是对于生活的态度，也是写作的态度。我在旧社会，因为生活的穷困和卑屈，对于现实不满而又找不到出路，又读了一些西方的现代派的作品，对于生活形成一种带有悲观色彩的尖刻、嘲弄、玩世不恭的态度。这在我的一些作品里也有所流露。沈先生发觉了这点，在昆明时就跟我讲过；我到上海后，又写信给我讲到这点。他要求的是对于生活的“执着”，要对生活充满热情，即使在严酷的现实面前，也不能觉得“世事一无可取，也一无可为”。一个人，总应该用自己的工作，使这个世界更美好一些，给这个世界增加一点好东西。在任何逆境之中也不能丧失对于生活带有抒情意味的情趣，不能丧失对于生活的爱。沈先生在下放咸宁干校时，还写信给黄永玉，说“这里的荷花真好！”沈先生八十岁了，还每天工作十几个小时，完成《中国服饰研究》这样的巨著，就是靠这点对于生活的执着和热情支持着的。沈先生的这句话对我的影响很深。

我是怎样写起京剧剧本来的呢？

我从小爱看京剧，也爱唱唱。我父亲会拉胡琴，我初中一年级的时候就随着他的胡琴唱戏，唱老生，也唱青衣。到读大学时还唱。有个广东同学听到我唱戏，就说：“丢那妈，猫叫！”

因为读的是中文系，我后来又学唱了昆曲。

我喜欢看戏，看京剧，也爱看地方戏，特别爱看川剧。

我没有想到过写戏曲剧本。

因为当编辑，编《说说唱唱》，想写作，又下不去，没有生活，不免发牢骚。那年恰好是纪念世界名人吴敬梓，有人就建议我在《儒林外史》里找一个题材，写写京剧剧本，我就写了一个《范进中举》。这个剧本演出了，还在北京市戏曲会演中得了一个奖。

一九五八年，我戴了右派帽子下去劳动，摘了帽子，想调回北京，恰好北京京剧团还有个编剧名额，我就这样调到了京剧团，一直到现在。二十年了。

搞文学的人是不大看得起京剧的。

这也难怪。京剧的文学性确实是很差，很多剧本简直是不知所云。前几个月，我在北京，每天到玉渊潭散步，每天听一个演员在练《珠帘寨》的定场诗：

> 李白斗酒诗百篇，
> 长安市上酒家眠，
> 摔死国舅段文楚，
> 唐王一怒贬北番！

李克用和李太白有什么关系呢？

《花田错》里有一句唱词：

> 桃花不比杏花黄……

桃花不黄，杏花也不黄呀！

可是，京剧毕竟是我们的文化遗产呀！而且，就是京剧，也有些很好的东西。比如大家都知道的《四进士》，用了那样多的典型的细节，刻画了宋士杰这样一个独特的人物，这就不用说了。我以为这出戏放在世界戏剧名作之林中，是毫不逊色的。再如《打渔杀家》里萧恩和桂英离家时的对话：

> 萧 恩　开门哪！（出门介）
> 桂 英　爹爹请转。
> 萧 恩　儿呀何事？

桂　英　这门还未曾上锁呢。

萧　恩　这门喏，关也罢不关也罢。

桂　英　里面还有许多动用家具呢。

萧　恩　傻孩子呀，门都不要了，要家具则甚哪！

桂　英　不要了？

萧　恩　不明白的冤家！……

我觉得这是小说，很好的小说。我觉得写小说的，也是可以从戏曲里学到很多东西的。

戏曲、京剧，有些手法好像是旧，但是中国人觉得它很旧，外国人觉得它很新。比如“自报家门”，这就比用整整一幕戏来介绍人物省事得多。比如布莱希特的“间离效果”说，是受了中国戏曲的启发而提出来的，这很新呀！

我觉得我们不要妄自菲薄，数典忘祖。我们要“以故为新”，从遗产中找出新的东西来，特别是搞西方现代派的同志，我建议他们读一点旧文学，用比较文学的方法研究研究中国的古典文学。我总是希望能把古今中外熔为一炉。

我搞京剧，有一个想法，很想提高一下京剧的文学水平，提高其可读性，想把京剧变成一种现代艺术，可以和现代文学作品放在一起，使人们承认它和王蒙的、高晓声的、林斤澜的、邓友梅的小说是一个水平的东西，只不过形式不同。

搞搞京剧还有一个好处，即知道戏和小说是两种东西（当然又是相通的）。戏要夸张，要强调；小说要含蓄，要淡远。李笠翁说写诗文不可说尽，十分只能说二三分；写戏剧必须说尽，十分要说到十分。这是很有见地的话。托尔斯泰说人是不能用警句交谈的，这是指的小说；戏里的人物是可以用警句交谈的。因此，不能把小说写得像戏，不能有太多情节，太多的戏剧性。如果写的是一篇戏剧性很强的小说，那你不如干脆写成戏。

以上是一个两栖类的自白。

除了搞戏，我还搞过曲艺，编过《说说唱唱》；搞过民间文学，编了好几年《民间文学》。“文化大革命”以后，我发表的第一篇作品不是小说，而是民间文学的论文，而且和甘肃有点关系，是《“花儿”的格律》。我觉得这对写小说没有坏处。特别是民间文学，那真是一个宝库。我甚至可以武断地说，不读一点民歌、民间故事，是不能成为一个好小说家的。

我这个两栖类，这个“杂家”有点什么经验？一个是要尊重、热爱祖国的文学艺术传统；一个是兼收并蓄，兴趣更广泛一些，知识更丰富一些。

我希望有更多的两栖类，希望诗人、小说家都来写写戏曲。

一九八二年九月十七日 兰州

注释

原载《飞天》一九八三年一月号。

沈从文的寂寞

——浅谈他的散文

一九八一年湖南人民出版社出了沈先生的散文选。选集中所收文章，除了一篇《一个传奇的本事》、一篇《张八寨二十分钟》，其余的《从文自传》《湘行散记》《湘西》，都是三十年代写的。沈先生写这些文章时才三十几岁，相隔已经半个世纪了。我说这些话，只是点明一下时间，并没有太多感慨。四十年前，我和沈先生到一个图书馆去，站在一架一架的图书面前，沈先生说："看到有那么多人写了那么多书，我真是什么也不想写了！"古往今来，那么多人写了那么多书，书的命运，盈虚消长，起落兴衰，有多少道理可说呢。不过一个人被遗忘了多年，现在忽然又来出他的书，总叫人不能不想起一些问题。这有什么历史的和现实的意义？这对于今天的读者——主要是青年读者——的品德教育、美感教育和语言文字的教育有没有作用？作用有多大？……

这些问题应该由评论家、文学史家来回答。我不想回答，也回答不了。我是沈先生的学生，却不是他的研究者（已经有几位他的研究者写出了很好的论文）。我只能谈谈读了他的散文后的印象。当然，是很粗浅的。

文如其人。有几篇谈沈先生的文章都把他的人品和作品联系起来。朱光潜先生在《花城》上发表的短文就是这样。这是一篇好文章。其中说到沈先生是寂寞的，尤为知言。我现在也只能用这种办法。沈先生用手中一支笔写了一生，也用这支笔写了他自己。他本人就像一个作品，一篇他自己所写的作品那样的作品。

我觉得沈先生是一个热情的爱国主义者，一个不老的抒情诗人，一个顽强的不知疲倦的语言文字的工艺大师。

这真是一个少见的热爱家乡、热爱土地的人。他经常来往的是家乡人，说的是家乡话，谈的是家乡的人和事。他不止一次和我谈起棉花坡的渡船；谈起枫树坳，秋天，满城飘舞着枫叶。八一年他回凤凰一次，带着他的夫人和友人看了他的小说里所写过的景物，都看到了，水车和石碾子也终于看到了，没有看到的只是那个大型榨油坊。七十九岁的老人，说起这些，还像一个孩子。他记得的那样多，知道的那样多，想过的那样多，写了的那样多，这真是少有的事。他自己说他最满意的小说是写一条延长千里的沅水边上的人和事的。选集中的散文更全部是写湘西的。

这在中国的作家里不多，在外国的作家里也不多。这些作品都是有所为而作的。

沈先生非常善于写风景。他写风景是有目的的。正如他自己所说：

> 一首诗或者仅仅二十八个字，一幅画大小不过一方尺，留给后人的印象，却永远是清新壮丽，增加人对于祖国大好河山的感情。(《张八寨二十分钟》)

风景不殊，时间流动。沈先生常在水边，逝者如斯，他经常提到的一个名词是“历史”。他想的是这块土地，这个民族的过去和未来。他的散文不是晋人的山水诗，不是要引人消沉出世，而是要人振作进取。

读沈先生的作品常令人想起鲁迅的作品，想起《故乡》《社戏》(沈先生最初拿笔，就是受了鲁迅以农村回忆的题材的小说的影响，思想上也必然受其影响)。他们所写的都是一个贫穷而衰弱的农村。地方是很美的，人民勤劳而朴素，他们的心灵也是那样高尚美好，然而却在一种无望的情况中辛苦麻木地生活着。鲁迅的心是悲凉的。他的小说就混合着美丽与悲凉。湘西地方偏僻，被一种更为愚昧的势力以更为野蛮的方式统治着。那里的生活是“怕人”的，所出的事情简直是离奇的。一个从这种生活里过来的青年人，跑到大城市里，接受了“五四”以来的民主思想，转过头来再看看那里的生活，不能不感到痛苦。《新与旧》里表现了这种痛苦，《菜园》里表现了这种痛苦。《丈夫》《贵生》里也表现了这种痛苦。他的散文也到处流露了这种痛苦。土著军阀随便地杀人，一杀就是两三千。刑名师爷随便地用红笔勒那么一笔，又急忙提着长衫，拿着白铜水烟袋跑到高坡上去欣赏这种不雅观的游戏。卖菜的周家幺妹被一个团长抢去了。“小婊子”嫁了个老烟鬼。一个矿工的女儿，十三岁就被驻防军排长看中，出了两块钱引诱破了身，最后咽了三钱烟膏，死掉了。……说起这些，能不叫人痛苦？这都是谁的责任？“浦市地方屠户也那么瘦了，是谁的责任？”——这问题看似提得可笑，实可悲。便是这种诙谐语气，也是从一种无可奈何的痛苦心境中发出的。这是一种控诉。在小说里，因为要“把道理包含在现象中”，控诉是无言的。在散文中有时就明明白白地说了出来。“读书人的同情，专家的调查，对这种人有什么用？若不能在调查和同情以外有一个‘办法’，这种人总永远用血和泪在同样情形中打发日子。地狱俨然就是为他们而设的。他们的生活，正说明‘生命’在无知与穷困包围中必然的种种。”（《辰溪的煤》）沈先生是一个不习惯于大喊大叫的人，但这样的控诉实不能说是十分“温柔敦厚”。不知道为什么他的这些话很少有人注意。

沈从文不是一个悲观主义者。个人得失事小，国家前途事大。他曾经明确提出：“民族兴衰，事在人为。”就在那样黑暗腐朽（用他的说法是“腐烂”）的时候，他也没有丧失信心。他总是想激发青年的自尊心和自信心。“在事业上有以自现，在学术上有以自立。”他最反对愤世嫉俗，玩世不恭。在昆明，他就跟我说过：“千万不要冷嘲。”一九四六年，我到上海，失业，曾想过要自杀，他写了一封长信把我大骂了一通，说我没出息，信中又提到“千万不要冷嘲”。他在《〈长河〉题记》中说：“横在我们面前的许多事都使人痛苦，可是却不用悲观。社会还正在变化中，骤然而来的风风雨雨，说不定把许多人的高尚理想，卷扫摧残，弄得无踪无迹。然而一个人对于人类前途的热忱和工作的虔敬态度，是应当永远存在，且必然能给后来者以极大鼓励的！”事情真奇怪，沈先生这些话是一九四二年说的，听起来却好像是针对“文化大革命”而说的。我们都经过那十年“痛苦怕人”的生活，国家暂时还有许多困难，有许多问题待解决。有一些青年，包括一些青年作家，不免产生冷嘲情绪，觉得世事一无可取，也一无可为。你们是不是可以听听一个老作家四十年前所说的这些很迂执的话呢？

我说这些话好像有点岔了题。不过也还不是离题万里。我的目的只是想说说沈先生的以民族兴亡为己任的爱国热情。

沈先生关心的是人，人的变化，人的前途。他几次提家乡人的品德性格被一种“大力”所扭曲、压扁。“去乡已十八年，一入辰河流域，什么都不同了。表面上看来，事事物物自然都有了极大进步，试仔细注意注意，便见出在变化中的一种堕落趋势。最明显的事，即农村社会所保有那点正直朴素的人情美，几乎快要消失无余，代替而来的却是近二十年实际社会培养成功的一种唯实唯利的庸俗人生观。敬鬼神畏天命的迷信固然已经被常识所摧毁，然而做人时的义利取舍、是非辨别也随同泯没了。”（《〈长河〉题记》）他并没有想把时间拉回去，回到封建宗法社会，归真返璞。他明白，那是不可能的。他只是希望能在一种新的条件下，使民族的热情、品德，那点正直朴素的人情美能够得到新的发展。他在回忆了划龙船的美丽情景后，想到“我们用什么方法，就可使这些人心中感觉一种对‘明天’的‘惶恐’，且放弃过去对自然的和平态度，重新来一股劲儿，用划龙船的精神活下去？

这些人在娱乐上的狂热，就证明这种狂热能换个方向，就可使他们还配在世界上占据一片土地，活得更愉快更长久一些。不过有什么方法，可以改造这些人的狂热到一件新的竞争方面去，可是个费思索的问题。”（《箱子岩》）“希望到这个地面上，还有一群精悍结实的青年，来驾驭钢铁征服自然，这责任应当归谁？”——“一时自然不会得到任何结论。”他希望青年人能活得“庄严一点，合理一点”，这当然也只是“近乎荒唐的理想”。不过他总是希望着。

他把希望寄托在几个明慧温柔、天真纯粹的小儿女身上。寄托在翠翠身上，寄托在《长河》里的三姊妹身上，也寄托在“一个多情水手与一个多情妇人”身上。——这是一篇写得很美的散文。牛保和那个不知名字的妇人的爱，是一种不正常的爱（这种不正常不该由他们负责），然而是一种非常淳朴真挚、非常美的爱。这种爱里闪耀着一种悠久的民族品德的光。沈先生在《〈长河〉题记》中说：“在《边城》题记上，曾提起一个问题，即拟将‘过去’和‘当前’对照，所谓民族品德的消失与重造，可能从什么地方着手。《边城》中人物的正直和热情，虽然已经成为过去陈迹了，应当还保留些本质在年轻人的血里或梦里，相宜环境中，即可重新燃起年轻人的自尊心和自信心。”提起《边城》和沈先生的许多其他作品，人们往往愿意和“牧歌”这个词联在一起。这有一半是误解。沈先生的文章有一点牧歌的调子。所写的多涉及自然美和爱情，这也有点近似牧歌。但就本质来说，和中世纪的田园诗不是一回事，不是那样恬静无为。有人说《边城》写的是一个世外桃源，更全部是误解（沈先生在《桃源与沅州》中就把来到桃源县访幽探胜的“风雅”人狠狠地嘲笑了一下）。

《边城》（和沈先生的其他作品）不是挽歌，而是希望之歌。民族品德会回来么？

这个人也许永远不回来了，也许明天回来！

回来了！你看看张八寨那个弄船女孩子！

令我显得慌张的，并不是渡船的摇动，却是那个站在船头、嘱咐我不必慌张、自己却从从容容在那里当家做事的弄船女孩子。我们似乎相熟又十分陌生。世界上就真有这种巧事，原来她比我二十四年写到的一个小说中人翠翠，虽晚生十来岁，目前所处环境却仿佛相同，同样在这么青山绿水中摆渡，青春生命在慢慢长成。不同处是社会变化大，见世面多，虽对人无机心，而对自己生存却充满信心。一种“从劳动中得到快乐增加幸福成功”的信心。这也正是一种新型的乡村女孩子共同的特征。目前一位有一点与众不同，只是所在背景环境。

沈先生的重造民族品德的思想，不知道为什么，多年来不被理解。“我作品能够在市场上流行，实际上近于买椟还珠，你们能欣赏我故事的清新，照例那作品背后蕴藏的热情却忽略了；你们能欣赏我文字的朴实，照例那作品背后隐伏的悲痛也忽略了。”“寄意寒星荃不察”，沈先生不能不感到寂寞。他的散文里一再提到屈原，不是偶然的。

寂寞不是坏事。从某个意义上，可以说寂寞造就了沈从文。寂寞有助于深思，有助于想象。“我有我自己的生活与思想，可以说是皆从孤独中得来的。我的教育，也是从孤独中得来的。”他的四十本小说，是在寂寞中完成的。他所希望的读者，也是“在多种事业里低头努力，很寂寞地从事于民族复兴大业的人”（《〈长河〉题记》）。安于寂寞是一种美德。寂寞的人是充实的。

寂寞是一种境界，一种很美的境界。沈先生笔下的湘西，总是那么安安静静的。边城是这样，长河是这样，鸭窠围、杨家岨也是这样。静中有动，静中有人。沈先生擅长用一些颜色、一些声音来描绘这种安静的诗境。在这方面，他在近代散文作家中可称圣手。

> 黑夜占领了全个河面时，还可以看到木筏上的火光，吊脚楼窗口的灯光，以及上岸下船在河岸大石间飘忽动人的火炬红光。这时节岸上船上都有人说话，吊脚楼上且有妇人在黯淡灯光下唱小曲的声音，每次唱完一支小曲时，就有人笑嚷。什么人家吊脚楼下有匹小羊叫，固执而且柔和的声音，使人听来觉得忧郁。
>
> 这些人房子窗口既一面临河，可以凭了窗口呼喊河下船中人，当船上人过了瘾，胡闹已够，下船时，或者尚有些事情嘱托，或者其他原因，一个晃着火炬停顿在大石间，一个便凭立在窗口，“大老你记着，船下行时又来！”“好，我来的，我记着的。”“你见了顺顺就说：‘会呢，完了；孩子大牛呢，脚膝骨好了；细粉带三斤，

冰糖或片糖带三斤。’”“记得到，记得到，大娘你放心，我见了顺顺大爷就说：‘会呢，完了。大牛呢，好了。细粉来三斤，冰糖来三斤。’”“杨氏，杨氏，一共四吊七，莫错账！”“是的，放心呵，你说四吊七就四吊七，年三十夜莫会多要你的！你自己记着就是了。”这样那样地说着，我一一都可听到，而且一面还可以听着在黑暗中某一处咩咩的羊鸣。（以上引自《鸭窠围的夜》）

真是如闻其声。这样的河上河下喊叫着的对话，我好像在别一处也曾听到过。这是一些多么平常琐碎的话呀，然而这就是人世的生活。那只小羊固执而柔和地叫着，使沈先生不能忘记，也使我多年不能忘记，并且如沈先生常说的，一想起就觉得心里“很软”。

不多久，许多木筏皆离岸了，许多下行船也拔了锚，推开篷，着手荡桨摇橹了。我卧在船舱中，就只听到水面人语声，以及橹桨激水声，与橹桨本身被扳动时咿咿呀呀声。河岸吊脚楼上妇人在晓气迷蒙中锐声地喊人，正好同音乐中的笙管一样，超越众声而上。河面杂声的综合，交织了庄严与流动，一切真是一个圣境。

岸上吊脚楼前枯树边，正有两个妇人，穿了毛蓝布衣服，不知商量些什么，幽幽地说着话。这里雪已极少，山头皆裸露作深棕色，远山则为深紫色。地方静得很，河边无一只船，无一个人，一堆柴。只不知河边某一个大石后面有人正在捶捣衣服，一下一下地捣。对河也有

人说话，却看不清楚人在何处。（以上引自《一个多情水手与一个多情妇人》）

“空山不见人，但闻人语响”，“竹喧归浣女，莲动下渔舟”，静中有动，以动为静，这是中国文学的一个长久的传统。但是这种境界只有一个摆脱浮世的营扰，习惯于寂寞的人方能于静观中得之。齐白石云：“白石老人心闲气静时一挥”，寂寞安静，是艺术创作所必需的气质。一个热衷于利禄、心气浮躁的人，是不能接近自然，也不能接近生活的。沈先生“习静”的方法是写字。在昆明，有一阵他常常用毛笔在竹纸书写的两句诗是“绿树连村暗，黄花入梦稀”。我就是从他常常书写的这两句诗（当然不止这两句）里解悟到应该怎样用少量文字描写一种安静而活泼，充满生气的“人境”的。

我就是不想明白道理却永远为现象所倾心的人。我看一切，却并不把那个社会价值掺加进去，估定我的爱憎。我不愿问价钱上的多少来为万物作一个好坏批评，却愿意考察他在我官觉上使我愉快不愉快的分量。我永远不厌倦的是“看”一切。宇宙万汇在动作中，在静止中，在我印象里，我都能抓定它的最美丽与最调和的风度，但我的爱好显然却不能同一般目的相合。我不明白一切同人类生活相联结时的美恶，另外一句话来说，就是我不大领会伦理的美。接近人生时我永远是个艺术家的感情，却不是所谓道德君子的感情。（《自传·女难》）

汪曾祺与沈从文的友情一直很深，他的小说似乎流动着沈从文作品的血液。只不过在汪曾祺身上，多了一种士大夫的洒脱，其作品也比沈氏多了幽默的因素。

沈先生五十年前所做的这个“自我鉴定”是相当准确的。他的这种诗人气质，从小就有，至今不衰。

《从文自传》是一本奇特的书。这本书可以从各种角度去看。你可以看到从辛亥革命到“五四”湘西一隅的怕人生活，了解一点中国历史；可以看到一个人“生活陷于完全绝望中，还能充满勇气与信心始终坚持工作，他的动力来源何在”，从而增加一点自己对生活的勇气与信心。沈先生自己说这是一本“顽童自传”。我对这本书特别感兴趣，是因为这是一本培养作家的教科书，它告诉我人是怎样成为诗人的。一个人能不能成为一个作家，童年生活是起决定作用的。首先要对生活充满兴趣，充满好奇心，什么都想看看。要到处看，到处听，到处闻嗅，一颗心“永远为一种新鲜颜色，新鲜声音，新鲜气味而跳”，要用感官去“吃”各种印象。要会看，看得仔细，看得清楚，抓得住生活中“最美的风度”；看了，还得温习，记着，回想起来还异常明朗，要用时即可方便地移到纸上。什么都去看看，要在平平常常的生活里看到它的美，它的诗意，它的亚细亚式残酷和愚昧。比如，熔铁，这有什么看头呢？然而沈先生却把这过程写了好长一段，写得那样生动！一个打豆腐的，因为一件荒唐的爱情要被杀头，临刑前柔弱地笑笑，“我记得这个微笑，十余年来在我印象中还异常明朗。”（《清乡所见》）沈先生的这本《自传》中记录了很多他从生活中得到的美的深刻印象和经验。一个人的艺术感觉就是这样从小锻炼出来的。有一本书叫作《爱的教育》，沈先生这本书实可称为一本“美的教育”。我就是从这本薄薄的小书里学到很多东西，比读了几十本文艺理论书还有用。

沈先生是个感情丰富的人，非常容易动情，非常容易受感动（一个艺术家若不比常人更为善感，是不成的）。他对生活，对人，对祖国的山河草木都充满感情，对什么都爱着，用一颗蔼然仁者之心爱着。

> 山头一抹淡淡的午后阳光感动我，水底各色圆如棋子的石头也感动我。我心中似乎毫无渣滓，透明烛照，对万汇百物，对拉船人与小小船只，一切都那么爱着，十分温暖地爱着！（《一九三四年一月十八日》）

因为充满感情，才使《湘行散记》和《湘西》流溢着动人的光彩。这里有些篇章可以说是游记，或报告文学，但不同于一般的游记或报告文学，它不是那样冷静，那样客观。有些篇，单看题目，如《常德的船》《沅陵的人》，尤其是《辰溪的煤》，真不知道这会是一些多么枯燥无味的东西，然而你看下去，你就会发现，一点都不枯燥！它不同于许多报告文学，是因为作者生于斯，长于斯，在这里生活过（而且是那样地生活过），它是凭作者自己的生活经验，凭亲历的第一手材料写的；不是凭采访调查材料写的。这里寄托了作者的哀戚、悲悯和希望，作者与这片地、这些人是血肉相关的，感情是深沉而真挚的，不像许多报告文学的感情是空而浅的，——尽管装饰了好多动情的词句，因为作者对生活熟悉且多情，故写来也极自如，毫无勉强，有时不厌其烦，使读者也不厌其烦；有时几笔带过，使读者悠然神往。

和抒情诗人气质相联系的，是沈先生还很富于幽默感。《一个爱惜鼻子的朋友》是一篇非常有趣的妙文。我每次看到“姓印的可算得是个球迷。任何人邀他去踢球，他皆高兴奉陪，球离他不管多远，他总得赶去踢那么一脚。每到星期天，军营中有人往沿河下游四里的教练营大操场同学兵玩球时，这个人也必参加热闹。大操场里极多牛粪，有一次同人争球，见牛粪也拼命一脚踢去，弄得另一个人全身一塌糊涂”，总难免失声大笑。这个人大概就是《自传》里提到的印鉴远。我好像见过这个人。黑黑瘦瘦的，说话时爱往前探着头。而且无端地觉得他的脚背一定很高。细想想，大概是没有见过，我见过他的可能性极小。因为沈先生把他写得太生动，以至于使他在我印象里活起来了。沅陵的阙五老，是个多有风趣的妙人！沈先生的幽默是很含蓄蕴藉的。他并不存心逗笑，只是充满了对生活的情趣，觉得许多人、许多事都很好玩。只有一个心地善良，与人无忤，好脾气的人，才能有这种透明的幽默感。他是用微笑来看这个世界的，经常总是很温和地笑着，很少生气着急的时候。——当然也有。

仁者寿。因为这种抒情气质，从不大计较个人得失荣辱，沈先生才能经受了各种打击磨难，依旧还好好地活了下来。八十岁了，还是精力充沛，兴致勃勃。他后来“改行”搞文物研究，乐此不疲，每日孜孜，一坐下去就是十几个小时，也跟这点诗人气质有关。他搞的那些东西，陶瓷、漆器、丝绸、服饰，都是“物”，但是他看到的是人，人的聪明，人的创造，人的艺术爱美心和坚持不懈的劳动。他说起这些东西时那样兴奋激动，赞叹不已，样子真是非常天真。他搞的文物工作，我真想给它起一个名字，叫作“抒情考古学”。

沈先生的语言文字功力，是举世公认的。所以有这样的功力，一方面是由于读书多。“由《楚辞》、《史记》、曹植诗到‘挂枝儿’曲，什么我都欢喜看看。”我个人觉得，沈先生的语言受魏晋人文章影响较大。试看：“由沅陵南岸看北岸山城，房屋接瓦连椽，较高处露出雉堞，沿山围绕，丛树点缀其间，风光入眼，实不俗气。由北岸向南望，则河边小山间，竹园、树木、庙宇、高塔、民居，仿佛各个都位置在最适当处。山后较远处群峰罗列，如屏如障，烟云变幻，颜色积翠堆蓝。早晚相对，令人想象其中必有帝子天神，驾螭乘蜺，驰骤其间。绕城长河，每年三四月春水发后，洪江油船颜色鲜明，在摇橹歌呼中联翩下驶。长方形大木筏，数十精壮汉子，各据筏上一角，举桡激水，乘流而下。就中最令人感动处，是小船半渡，游目四瞩，俨然四围皆山，山外重山，一切如画。水深流速，弄船女子，腰腿劲健，胆大心平，危立船头，视若无事。”（《沅陵的人》）这不令人想到郦道元的《水经注》？我觉得沈先生写得比郦道元还要好些，因为《水经注》没有这样的生活气息，他多写景，少写人。另外一方面，是从生活学，向群众学习。“我文字风格，假若还有些值得注意处，那只因为我记得水上人的言语太多了。”(《我的写作与水的关系》)沈先生所用的字有好些是直接从生活来，书上没有的。比如：“我一个人坐在灌满冷气的小小船舱中”的“灌”字(《箱子岩》)，“把鞋脱了还不即睡，便镶到水手身旁去看牌”的“镶”字(《鸭窠围的夜》)。这就同鲁迅在《高老夫子》里“我辈正经人犯不上酱在一起”的“酱”字一样，是用得非常准确的。这样的字，在生活里，群众是用着的，但在知识分子口中，在许多作家的笔下，已经消失了。我们应当在生活里多找找这种字。还有一方面，是不断地实践。

沈先生说：“本人学习用笔还不到十年，手中一支笔，也只能说正逐渐在成熟中，慢慢脱去矜持、浮夸、生硬、做作，日益接近自然。”(《从文自传·附记》)沈先生写作，共三十年。头一个十年，是试验阶段，学习使用文字阶段。当中十年，是成熟期。这些散文正是成熟期所写。成熟的标志，是脱去“矜持、浮夸、生硬、做作”。

沈先生说他的作品是一些“习作”，他要试验用各种不同方法来组织铺陈。这几十篇散文所用的叙事方法就没有一篇是雷同的！

“一切作品都需要个性，都必需浸透作者人格和感情，想达到这个目的，写作时要独断，彻底的独断！（文学在这时代虽不免被当作商品之一种，便是商品，也有精粗，且即在同一物品上，制作者还可匠心独运，不落窠臼，社会上流行的风格，流行的款式，尽可置之不问。)”(《从文小说习作选·代序》) 这在今天，对许多青年作家，也不失为一种忠告。一个作家，要有自己的风格，经得起时间的考验，必需耐得住寂寞，不要赶时髦，不要追求“票房价值”。

“虽然如此，我还预备继续我这个工作，且永远不放下我一点狂妄的想象，以为在另外一时，你们少数的少数，会越过那条间隔城乡的深沟，从一个乡下人的作品中，发现一种燃烧的感情，对于人类智慧与美丽永远的倾心，康健诚实的赞颂，以及对愚蠢自私极端憎恶的感情。这种感情且居然能刺激你们，引起你们对人生向上的憧憬，对当前一切的怀疑。先生，这打算在目前近于一个乡下人的打算，是不是？然而到另外一时，我相信有这种事。”(《从文小说习作选·代序》) 莫非这“另外一时”已经到了么？

一九八二年十一月三日上午写完

注释

原载《读书》一九八四年第八期。

我是一个中国人

——散步随想

我实在不想说话，因为没有什么话可说。我对文艺界的情况很不了解。这几年精力渐减，很少读作品，中国的和外国的。我对自己也不大了解。我究竟算是哪一“档”的作家？什么样的人在读我的作品？这些全都心中无数。我一直还在摸索着，有一点孤独，有时又颇为自得其乐地摸索着。

在山东菏泽讲话，下面递上来一个条子：“汪曾祺同志：你近年写了一些无主题小说，请你就这方面谈谈看法。”因为时间关系，我当时没有来得及回答。到了平原，又讲话，顺便谈了谈这个问题。写条子的这位青年同志（我相信是青年）大概对“无主题小说”很感兴趣，可是我对这方面实在无所知。我不知道有没有这个提法，这提法是从哪里来的。我只听说过“无主调音乐”，没有听说过“无主题小说”。我说：我没有写过“无主题小说”。我的小说都是有主题的。一定要我说，我也能说得出来。这位递条子的同志所称“无主题小说”，我想大概指的我近年发表的一些短小作品，如在《海燕》上发表的《钓人的孩子》，《十月》上发表的一组小说《晚饭花》里的《珠子灯》。这两篇小说都是有主题的。《钓人的孩子》的主题是：货币使人变成魔鬼。《珠子灯》的主题是：封建贞操观念的零落。

不过主题最好不要让人一眼就看出来。

李笠翁论传奇，讲“立主脑”。郭绍虞解释主脑即主题，我是同意郭先生的解释的。我以为李笠翁所说“主脑”，即风筝的脑线。风筝没有脑线，是放不上去的。作品没有主题，是飞不起来的。但是你只要看风筝就行了，何必一定非瞅清楚风筝的脑线不可呢？

脑线使风筝飞起，同时也是对于风筝的限制。脑线断了，风筝就会不知道飞到哪里去了。主题对作品也是一种限制。一个作者应该自觉地使自己受到限制。人的思想不能汗漫无际。我们不能往一片玻璃上为人斟酒。

> 鸟飞在天上，
> 影子落在地下。①

---

① 蒙古族民歌。

任何高超缥缈的思想都是有迹可求的。

琢磨琢磨一个作品的主题，琢磨琢磨作者想说的究竟是什么，对读者来说，不也是一种乐趣么？“好读书，不求甚解；每有会意，便欣然忘食”，这是一种很惬意的读书方法。读小说，正当如此。

不要把主题讲得太死，太实，太窄。

也许我前面所说的主题，在许多人看来不是主题（因此他们称我的小说为“无主题小说”）。在有些同志看来，主题得是几句具有鼓动性的、有教诲意义的箴言。这样的主题，我诚然是没有。

我是一个中国人。

中国人必然会接受中国传统思想和文化的影响。我接受了什么影响？道家？中国化了的佛家——禅宗？都很少。比较起来，我还是接受儒家的思想多一些。

我不是从道理上，而是从感情上接受儒家思想的。我认为儒家是讲人情的，是一种富于人情味的思想。《论语》里的孔夫子是一个活人。他可以骂人，可以生气着急，赌咒发誓。

我很喜欢《论语·子路曾皙冉有公西华侍坐章》。“暮春者，春服既成，冠者五六人，童子六七人，浴乎沂，风乎舞雩，咏而归。”我以为这是一种很美的生活态度。

我欣赏孟子的“大人者，不失其赤子之心”。

我认为陶渊明是一个纯正的儒家。“暧暧远人村，依依墟里烟。狗吠深巷中，鸡鸣桑树颠。”我很熟悉这样的充满人的气息的“人境”，我觉得很亲切。

我喜欢这样的诗：“万物静观皆自得，四时佳兴与人同”，“顿觉眼前生意满，须知世上苦人多”。这是蔼然仁者之言。这样的诗人总是想到别人。

有人让我用一句话概括出我的思想，我想了想，说：我大概是一个中国式的抒情的人道主义者。

我不了解前些时报上关于人道主义的争论的实质和背景。我愿意看看这样的文章，但是我没有力量去做哲学上的论辩。我的人道主义不带任何理论色彩，很朴素，就是对人的关心，对人的尊重和欣赏。

讲一点人道主义有什么不好呢？说老实话，不是十年“文化大革命”的惨痛教训，不是经过三中全会的拨乱反正，我是不会产生对于人道主义的追求，不会用充满温情的眼睛看人，去发掘普通人身上的美和诗意的。不会感觉到周围生活生意盎然，不会有碧绿透明的幽默感，不会有我近几年的作品。

我当然反对利用“人道主义”来诋毁社会主义，诋毁我们伟大的祖国。

关于现代派。

我的意见很简单：在民族传统的基础上接受外来影响，在现实主义的基础上吸收现代派的某些表现手法。

最新的现代派我不了解。我知道一点的是老一代的现代派。我曾经很爱读弗·伍尔夫和阿左林的作品（通过翻译）。我觉得在社会主义现实主义的旗帜下的某些苏联作家是吸收了现代派的表现手法的。比如安东诺夫的《在电车上》，显然是用意识流的手法写出来的。意识流是可以表现社会主义内容的，意识流和社会主义内容不是不相容，而是可以给社会主义文学带来一股清新的气息的。

我的一些颇带土气的作品偶尔也吸取了一点现代派手法。比如《大淖记事》里写巧云被奸污后第二天早上的乱糟糟的、断断续续、飘飘忽忽的思想，就是意识流。我在《钓人的孩子》一开头写抗日战争时期昆明大西门外的忙乱纷杂的气氛，用了一系列静态的，只有名词，而无主语、无动词的短句，后面才说出“每个人带着他一生的历史和半个月的哀乐在街上走”，这颇有点现代派的味道。我写过一篇《求雨》（将在《钟山》第四期发表），写栽秧时节不下雨，望儿的爸爸和妈妈一天抬头看天好多次，天蓝得要命，望儿的爸爸和妈妈的眼睛是蓝的。望儿看着爸爸和妈妈，望儿的眼睛也是蓝的。望儿和一群孩子上街求雨，路上的行人看着这支幼弱、褴褛、有些污脏而又神圣的小小的队伍，行人的眼睛也是蓝的。这也颇有点现代派的味道（把人的眼睛画蓝了，这是后期印象派的办法）。我觉得这没有什么不可以。而且我觉得只有这样写才能达到预期的效果。也可以说，这样写是为了主题的需要。

我觉得现实主义是可以、应该，甚至是必须吸收一点现代派的手法的，为了使现实主义返老还童。

但是我不赞成把现代派作为一个思想体系原封不动地搬到中国来。

爱护祖国的语言。一个作家应该精通语言。一个作家，如果是用很讲究的中国话写作，即使他吸收了外来的影响，他的作品仍然会具有鲜明的民族风格。外来影响和民族风格不是对立的矛盾。民族风格的决定因素是语言。“五四”以后不少着力学习西方文学的格律和方法的作家，同时也在着力运用中国味儿的语言。徐志摩（他是浙江硖石人）、闻一多（湖北浠水人），都努力地用北京话写作。中国第一个有意识地运用意识流方法，作品很像弗·伍尔夫的女作家林徽因（福州人），她写的《窗子以外》《九十九度中》，所用的语言是很漂亮的地道的京片子。这样的作品带洋味儿，可是一看就是中国人写的。

外国的现代派作家，我想也是精通他自己的国家的语言的。

用一种不合语法，不符合中国的语言习惯的，不中不西、不伦不类的语言写作，以为这可以造成一种特殊的风格，恐怕是不行的。

我的作品和我的某些意见，大概不怎么招人喜欢。姥姥不疼，舅舅不爱。也许我有一天会像齐白石似的“衰年变法”，但目前还没有这意思。我仍将沿着这条路走下去。有点孤独，也不赖。

一九八三年六月七日

注释

原载《北京师范学院学报：社哲版》一九八三年第三期。

谈风格

一个人的风格是和他的气质有关系的。布封说过："风格即人。"中国也有"文如其人"的说法。人和人是不一样的。趋舍不同，静躁异趣。杜甫不能为李白的飘逸，李白也不能为杜甫的沉郁。苏东坡的词宜关西大汉执铁绰板唱"大江东去"，柳耆卿的词宜十三四女郎持红牙板唱"今宵酒醒何处，杨柳岸晓风残月"。中国的词大别为豪放与婉约两派。其他文体大体也可以这样划分。不知从什么时候起，因为什么，豪放派占了上风。茅盾同志曾经很感慨地说：现在很少人写婉约的文章了。"十年浩劫"，没有人提起风格这个词。我在"样板团"工作过。江青规定：

"要写'大江东去'，不要'小桥流水'！"我是个只会写"小桥流水"的人，也只好跟着唱了十年空空洞洞的豪言壮语。三中全会以后，我才又重新开始发表小说，我觉得我可以按照我自己的样子写小说了。三中全会以后，文艺形势空前大好的标志之一，是出现了很多不同风格的作品。这一点是"十七年"所不能比拟的。那时作品的风格比较单一。茅盾同志发出感慨，正是在这样的时候。一个人要使自己的作品有风格，要能认识自己、发现自己，并且，应该不客气地说，欣赏自己。"我与我周旋久，宁作我。"一个人很少愿意自己是另外一个人的。一个人不能说自己写得最好，老子天下第一。但是就这个题材，这样的写法，以我为最好，只有我能这样的写。我与我比，我第一！一个随人俯仰、毫无个性的人是不能成为一个作家的。

其次，要形成个人的风格，读和自己气质相近的书。也就是说，读自己喜欢的书，对自己口味的书。我不太主张一个作家有系统地读书。作家应该博学，一般的名著都应该看看。但是作家不是评论家，更不是文学史家。我们不能按照中外文学史循序渐进，一本一本地读那么多书，更不能按照文学史的定论客观地决定自己的爱恶。我主张抓到什么就读什么，读得下去就一连气读一阵，读不下去就抛到一边。屈原的代表作是《离骚》，我直到现在还是比较喜欢《九歌》。李、杜是大家，他们的诗我也读了一些，但是在大学的时候，我有一阵偏爱王维，后来又读了一阵温飞卿、李商隐。诗何必盛唐？我觉得龚定庵的态度很好："我于论诗恕中晚，略工感慨即名家。"有一个人说得更为坦率："一种风情吾最爱，六朝人物晚唐诗。"有何不可？一个人的兴趣有时会随年龄、境遇发生变化。我在大学时很看不起元人小令，认

在“样板团”期间身着军装的汪曾祺

为浅薄无聊。后来因为工作关系，读了一些，才发现其中的淋漓沉痛处。巴尔扎克很伟大，可是我就是不能用社会学的观点读他的《人间喜剧》。托尔斯泰的《战争与和平》，我是到近四十岁时，因为成了右派，才在劳动改造的过程中硬着头皮读完了的。孙犁同志说他喜欢屠格涅夫的长篇，不喜欢他的短篇；我则正好相反。我认为都可以。作家读书，允许有偏爱。作家所偏爱的作品往往会影响他的气质，成为他的个性的一部分。契诃夫说过：告诉我你读的是什么书，我就可知道你是一个怎样的人。作家读书，实际上是读另外一个自己所写的作品。法朗士在《生活文学》第一卷的序言里说过：“为了真诚坦白，批评家应该说：‘先生们，关于莎士比亚，关于拉辛，我所讲的就是我自己。’”作家更是这样。一个作家在谈论别的作家时，谈的常常是他自己。“六经注我”，中国的古人早就说过。

一个作家读很多书，但是真正影响到他的风格的，往往只有不多的作家，不多的作品。有人问我受哪些作家影响比较深，我想了想：古人里是归有光，中国现代作家是鲁迅、沈从文、废名，外国作家是契诃夫和阿左林。

我曾经在一次讲话中说到归有光善于以清淡的文笔写平常的人事。这个意思其实古人早就说过。黄梨洲《文案》卷三《张节母叶孺人墓志铭》云：

> 予读震川文之为女妇者，一往情深，每以一二细事见之，使人欲涕。盖古今来事无巨细，唯此可歌可泣之精神，长留天壤。

姚鼐《与陈硕士》尺牍云：

> 归震川能于不要紧之题，说不要紧之语，却自风韵疏淡，此乃是于太史公深有会处，此境又非石士所易到耳。

王锡爵《归公墓志铭》说归文“无意于感人，而欢愉惨恻之思，溢于言表”。连被归有光诋为“庸妄巨子”的王世贞在晚年也说他“不事雕饰而自有风味”（《归太仆赞序》）。这些话都说得非常中肯。归有光的名文有《先妣事略》《项脊轩志》《寒花葬志》等篇。我受到影响的也只是这几篇。归有光在思想上是正统派，我对他的那些谈学论道的大文实在不感兴趣。我曾想：一个思想迂腐的正统派，怎么能写出那样富于人情味的优美的抒情散文呢？这问题我一直还没有想明白。归有光自称他的文章出于欧阳修。读《泷冈阡表》，可以知道《先妣事略》这样的文章的渊源。但是归有光比欧阳修写得更平易，更自然。他真是做到“无意为文”，写得像谈家常话似的。他的结构“随事曲折”，若无结构。他的语言更接近口语，叙述语言与人物语言衔接处若无痕迹。他的《项脊轩志》的结尾：“庭有枇杷树，吾妻死之年所手植也，今已亭亭如盖矣！”

平淡中包含几许惨恻，悠然不尽，是中国古文里的一个有名的结尾。使我更为惊奇的是前面的：“吾妻归宁，述诸小妹语曰：‘闻姊家有阁子，且何谓阁子也？’”话没有说完，就写到这里。想来归有光的夫人还要向小妹解释何谓阁子的，然而，不写了。写出了，有何意味？写了半句，而闺阁姊妹之间闲话神情遂如画出。这种照生活那样去写生活，是很值得我们今天写小说时参考的。我觉得归有光是和现代创作方法最能相通，最有现代味儿的中国古代作家。我认为他的观察生活和表现生活的方式很有点像契诃夫。我曾说归有光是中国的契诃夫，并非怪论。

中国现代作家的作品我读得比较熟的是鲁迅，我在下放劳动期间曾发愿将鲁迅的小说和散文像金圣叹批《水浒》那样，逐句逐段地加以批注。搞了两篇，因故未竟其事。中国五十年代以前的短篇小说作家不受鲁迅的影响的，几乎没有。近年来研究鲁迅的谈鲁迅的思想的较多，谈艺术技巧的少。现在有些年轻人已经读不懂鲁迅的书，不知鲁迅的作品好在哪里了。看来宣传艺术家鲁迅，还是我们的责任。这一课必须补上。

我是沈从文先生的学生。

废名这个名字现在几乎没有人知道了。国内出版的中国现代文学史没有一本提到他。这实在是一个真正很有特点的作家。他在当时的读者就不是很多，但是他的作品曾经对相当多的三十年代、四十年代的青年作家，至少是北方的青年作家，产生过颇深的影响。这种影响现在看不到了，但是它并未消失。它像一股泉水，在地下流动着。也许有一天，会汩汩地流到地面上来的。他的作品不多，一共大概写了六本小说，都很薄。他后来受了佛教思想的影响，作品中有见道之言，很不好懂。《莫须有先生传》就有点令人莫名其妙，到了《莫须有先生坐飞机以后》就不知所云了。但是他早期的小说，《桥》、《枣》、《桃园》和《竹林的故事》，写得真是很美。他把晚唐诗的超越理性，直写感觉的象征手法移到小说里来了。他用写诗的办法写小说，他的小说实际上是诗。他的小说不注重写人物，也几乎没有故事。《竹林的故事》算是长篇，叫作“故事”，实无故事，只是几个孩子每天生活的记录。他不写故事，写意境。但是他的小说是感人的，使人得到一种不同寻常的感动。因为他对于小儿女是那么富于同情心。他用儿童一样明亮而敏感的眼睛观察周围世界，用儿童一样简单而准确的笔墨来记录。他的小说是天真的，具有天真的美。因为他善于捕捉儿童的飘忽不定的思想和情绪，他运用了意识流。他的意识流是从生活里发现的，不是从外国的理论或作品里搬来的。有人说他的小说很像弗·伍尔夫，他说他没有看过伍尔夫的作品。后来找来看看，自己也觉得果然很像。这是一个很有趣的现象。身在不同的国度，素无接触，为什么两个作家会找到同样的方法呢？因为他追随流动的意识，因此他的行文也和别人不一样。周作人曾说废名是一个讲究文章之美的小说家。又说他的行文好比一溪流水，遇到一片草叶，都要去抚摸一下，然后又汪汪地向前流去。这说得实在非常好。

我讲了半天废名，你也许会在心里说：你说的是你自己吧？我跟废名不一样（我们的世界观首先不同）。但是我确实受过他的影响，现在还能看得出来。

契诃夫开创了短篇小说的新纪元。他在世界范围内使“小说观”发生了很大的变化，从重情节、编故事发展为写生活、按照生活的样子写生活，从戏剧化的结构发展为散文化的结构。于是才有了真正的短篇小说，现代的短篇小说。托尔斯泰最初很看不惯契诃夫的小说。他说契诃夫是一个很怪的作家，他好像把文字随便地丢来丢去，就成了一篇小说了。托尔斯泰的话说得非常好。随便地把文字丢来丢去，这正是现代小说的特点。

“阿左林是古怪的”（这是他自己的一篇小品的题目）。他是一个沉思的、回忆的、静观的作家。他特别擅长描写安静，描写在安静的回忆中人物的心理的潜微的变化。他的小说的戏剧性是觉察不出来的戏剧性。他的“意识流”是明澈的，覆盖着清凉的阴影，不是芜杂的、纷乱的。热情的恬淡，入世的隐逸。阿左林笔下的西班牙是一个古旧的西班牙，真正的西班牙。

以上，我老实交代了我曾经接受过的影响，未必准确。至于这些影响怎样形成了我的风格（假如说我有自己的风格），那是说不清楚的。人是复杂的，不能用化学的定性分析方法分析清楚。但是研究一个作家的风格，研究一下他所曾接受的影响是有好处的。如果你想学习一个作家的风格，最好不要直接学习他本人，还是学习他所师承的前辈。你要认老师，还得先见见太老师。一祖三宗，渊源有自。这样才不至流于照猫画虎、邯郸学步。

一个作家形成自己的风格大体要经过三个阶段：一、模仿；

二、摆脱；三、自成一家。初学写作者，几乎无一例外，要经过模仿的阶段。我年轻时写作学沈先生，连他的文白杂糅的语言也学。我的《汪曾祺小说选》第一篇《复仇》，就有模仿西方现代派的方法的痕迹。后来岁数大了一点，到了而立之年了吧，我就竭力想摆脱我所受的各种影响，尽量使自己的作品不同于别人。郭小川同志在“文化大革命”后期有一次碰到我，说：“你说过的一句话，我到现在还记得。”我问他是什么话，他说：“你说过：凡是别人那样写过的，我就决不再那样写！”我想想，是说过。那还是反右以前的事了。我现在不说这个话了。我现在岁数大了，已经无意于使自己的作品像谁，也无意使自己的作品不像谁了。别人是怎样写的，我已经模糊了，我只知道自己这样的写法，只会这样写了。我觉得怎样写合适，就怎样写。我现在看作品，已经很少从形成自己的风格这样的角度去看了。对于曾经影响过我的作家的作品，近几年我也很少再看。然而：

菌子已经没有了，但是菌子的气味留在空气里。

影响，是仍然存在的。

一个人也不能老是一个风格，只有一种风格。风格，往往是因为所写的题材不同而有差异的。或庄，或谐；或比较抒情，或尖刻冷峻。但是又看得出还是一个人的手笔。一方面，文备众体，另一方面又自成一家。

注释

原载《文学月报》一九八四年第六期。

我和民间文学

前年在兰州听一位青年诗人告诉我，他有一次去参加“花儿”会，和婆媳二人同坐在一条船上。这婆媳二人一路交谈，她们说的话没有一句是不押韵的！这媳妇走进一个奶奶庙去求子。她跪下来祷告。那祷告词是：

> 今年来了，我是跟您要着哩，
> 明年来了，我是手里抱着哩，
> 咯咯嘎嘎地笑着哩！

这使得青年诗人大为惊奇了。我听了，也大为惊奇。这样的祷词是我听到过的最美的祷词。群众的创造才能真是不可想象！生活中的语言精美如此，这就难怪西北的“花儿”押韵押得那样巧妙了。

去年在湖南桑植听（看）了一些民歌。有一首土家族情歌：

姐的帕子白又白，
你给小郎分一截。
小郎拿到走夜路，
如同天上蛾眉月。

我认为这是我看到的一本民歌集的压卷之作。不知道为什么，我立刻想起王昌龄的《长信秋词》：“玉颜不及寒鸦色，犹带昭阳日影来。”二者所写的感情完全不同，但是设想的奇特有其相通处。帕子和月光，妙在似与不似之间。民歌里有一些是很空灵的，并不都是质实的。

五十年代后期与中国民间文艺研究会的同事合影
左五为汪曾祺

一个作家读一点民间文学有什么好处？我以为首先是涵泳其中，从群众那里吸取诗的乳汁，取得美感经验，接受民族的审美教育。

我曾经编过大约四年的《民间文学》期刊，后来写了短篇小说。要问我从民间文学得到什么具体的益处，这不好回答。这不能像《阿诗玛》里所说的那样：吃饭，饭进到肉里；喝水，水进了血里。要指出我的哪篇小说受了哪几篇民间文学的影响，是不可能的。不过有两点可以说一说。一是语言的朴素、简洁和明快。民歌和民间故事的语言没有含糊费解的。我的语言当然是书面语言，但包含一定的口头性。如果说我的语言还有一点口语的神情，跟我读过上万篇民间文学作品是有关系的。其次是结构上的平易自然，在叙述方法上致力于内在的节奏感。民间故事和叙事诗较少描写。偶尔也有，便极精彩，如孙剑冰同志所记内蒙古故事中的“鱼哭了，流出长长的眼泪”。一般故事和民间叙事诗多侧重于叙述。但是叙述的节奏感很强。“三度重叠”便是民间文学的一种常见的美学法则。重叙述，轻描写，已经成为现代小说的一个显著特点。在这一点上，小说需要向民间文学学习的地方很多。

我认为，一个作家要想使自己的作品具有鲜明的民族风格、民族特点，不学习民间文学是绝对不行的。

我的话说得很直率，但确是由衷之言，肺腑之言。

注释

原载《民间文学》一九八五年第四期。

沈括的幽默

在拉萨八角街一家卖草药的铺子里看到一只颜色发了红的小小的干螃蟹，放在一只黑漆的盘子里，很惊奇。卖药的一定以为这个奇形怪状的东西会有神异的力量。这东西大概不是西藏所产，物稀则贵。我忽然想起了《梦溪笔谈》。《笔谈》467 条：

“关中无螃蟹。元丰中，予在陕西，闻秦州人家收得一干蟹，土人怖其形状，以为怪物，每人家有病疟者，则借去挂门户上，往往遂差。不但人不识，鬼亦不识也。”

沈括是我很佩服的人。他学识丰富，文笔整洁，这是大家都知道的。从《笔谈》里，我看出他是一个恬淡和平的人。《笔谈》自序云："以之为言则甚卑，以予为无意于言，可也。"因为他是用这样的无功利的态度来写作的，所以才能写得这样的洒脱。这才是真正的随笔。我尤其喜欢的，是他还很有幽默感。如 409 条记"凌床"、413 条记石曼卿覆考黜落为一绝句、446 条记北方人用麻油煎带壳生蛤蜊，读之都使人莞然。这一条记秦州人不识螃蟹是其最著者。"不但人不识，鬼亦不识也"，是沈括所发的议论。如此议论，真是妙绝。我每次一想起，都要一个人哈哈大笑。如有人选一本《中国幽默文选》，此则当可压卷。

我在拉萨会忽然想起沈括，这件事也怪有意思。

注释

原载一九八六年九月二十二日《北京晚报》。

说『怪』

我写过一篇小说《金冬心》，对这位公认为扬州八怪里的一号人物颇有微词。我觉得这是一个装模作样，矫情欺世，似放达而实精明的人。这大概有一点受了周作人的影响。我认为他的清高实际上是卖给盐商的古彝器上的铜绿，这一点大概也不错。我不喜欢他的卢仝体的怪诗。但那篇《金冬心》只是小说，不是对金冬心的全面评价。我对金冬心的另一面是非常喜欢的。我对他的从“天发神谶碑”变出来的美术字式的四方的楷字和横宽竖细的漆书是很喜欢的。对他的“疏能走马，密不容针”的梅花，也是很喜欢的。我在故宫博物院见过他画的一个扇面，万顷荷花，只是用笔横点了数不清的绿色的点子，竖点了数不清的漆红的点子，荷叶荷花，皆不成形，而境界阔大，印象真切。我当时叹服：这真是一个绝顶聪明的人！

我不想评定金冬心，只是想说说什么叫“怪”。很简单，怪就是充分表现个性，别出心裁，有独创性。

我希望扬州的写小说的同志能够继承八怪传统的这一方面，尽量和别人不一样。

扬州有一位大文体家，汪中。对汪容甫的文章，有不少人有极精到的见解。我很欣赏章太炎的评语，他说汪容甫的骈文“起止自在，无首尾呼应之式”（大意）。呼应，是小说的起码的要求。打破呼应，是更高的要求。小说不应有“式”——模式。

一九八六年十月二十八日　扬州

注释

原载《扬州文学》一九八六年创刊号。

小说的散文化

散文化似乎是世界小说的一种（不是唯一的）趋势。屠格涅夫的《猎人日记》有些篇近似散文。《白净草原》尤其是这样。都德的《磨坊文札》也如此。他们有意用“日记”“文札”来作为文集的标题，表示这里面所收的各篇，不是传统的严格意义上的小说。契诃夫有些小说写得很轻松随便。《恐惧》实在不大像小说，像一篇杂记。阿左林的许多小说称之为散文也未尝不可，但他自己是认为那是小说的。——有些完全不能称为小说的东西，则命之为“小品”，比如《阿左林是古怪的》。萨洛扬的带有自传色彩的小说，是具有文学性的回忆录。鲁迅的《故乡》写得很不集中。《社戏》是小说么？但是鲁迅并没有把它收在专收散文的《朝花夕拾》里，而是收在小说集里的。废名的《竹林的故事》可以说是具有连续性的散文诗。萧红的《呼兰河传》全无故事。沈从文的《长河》是一部很奇怪的长篇小说。它没有大起大落，大开大阖，没有强烈的戏剧性，没有高峰，没有悬念，只是平平静静，慢慢地向前流着，就像这部小说所写的流水一样。这是一部散文化的长篇小说。大概传统的、严格意义上的小说有一点像山，而散文化的小说则像水。

散文化的小说一般不写重大题材。在散文化小说作者的眼里，题材无所谓大小。他们所关注的往往是小事，生活的一角落，一片段。即使有重大题材，他们也会把它大事化小。散文化的小说不大能容纳过于严肃的、严峻的思想。这一类小说的作者大都是性情温和的人，他们不想对这个世界作陀思妥耶夫斯基式的拷问和卡夫卡式的阴冷的怀疑。许多严酷的现实，经过散文化的处理，就会失去原有的硬度。鲁迅是个性格复杂的人。一方面，他是一个孤独、悲愤的斗士，同时又极富柔情。《故乡》《社戏》里有种说不出来的惆怅和凄凉，如同秋水黄昏。沈从文企图在《长河》里“把最近二十年来当地农民性格灵魂被时代大力压扁扭曲失去原有的素朴所表现的式样，加以解剖及描绘”，这是一个十分严肃的、使人痛苦的思想。他“唯恐作品和读者对面，给读者也只是一个痛苦印象”，所以“特意加上一点牧歌的谐趣”。事实上《长河》的抒情成分大大冲淡了那种痛苦思想。散文化小说的作者大都是抒情诗人。散文化小说是抒情诗，不是史诗。散文化小说的美是阴柔之美，不是阳刚之美。是喜剧的美，不是悲剧的美。散文化小说是清澈的矿泉，不是苦药。它的作用是滋润，不是治疗。这样说，当然是相对的。

散文化的小说不过分地刻画人物。他们不大理解，也不大理会典型论。海明威说：不存在典型，典型是说谎。这话听起来也许有点刺耳，但是在解释得不准确的典型论的影响之下，确实有些作家造出了一批鲜明、突出然而虚假的人物形象。要求一个人物像一团海绵一样吸进那样多的社会内容，是很困难的。透过一个人物看出一个时代，这只是评论家分析出来的，小说作者事前是没有想到的。事前想到，大概这篇小说也就写不出来了。小说作者只是看到一个人，觉得怪有意思，想写写他，就写了。如此而已。散文化小说作者通常不对人物进行概括。看过一千个医生，才能写出一个医生，这种创作方法恐怕谁也没有当真实行过。散文化小说作者只是画一朵两朵玫瑰花，不想把一堆玫瑰花，放进蒸锅，提出玫瑰香精。当然，他画的玫瑰是经过选择的，要能入画。散文化小说的人物不具有雕塑性，特别不具有米开朗琪罗那样的把精神扩及肌肉的力度。它也不是伦布朗的油画。它只是一些 Sketch，最多是列宾的钢笔淡彩。散文化小说的人像要求神似。轻轻几笔，神完气足。《世说新语》堪称范本。散文化的小说大都不是心理小说。这样的小说不去挖掘人的心理深层结构，散文化小说的作者不喜欢“挖掘”这个词。人有什么权利去挖掘人的心呢？人心是封闭的。那就让它封闭着吧。

散文化小说的最明显的外部特征是结构松散。只要比较一下莫泊桑和契诃夫的小说，就可以看出两者在结构上的异趣。莫泊桑，还有欧·亨利，要了一辈子结构，但是他们显得很笨，他们实际上是被结构要了。他们的小说人为的痕迹很重。倒是契诃夫，他好像完全不考虑结构，写得轻轻松松，随随便便，潇潇洒洒。

他超出了结构，于是结构转更多样。章太炎论汪中的骈文“起止自在，无首尾呼应之式”。打破定式，是散文化小说结构的特点。魏叔子论文云：“人知所谓伏应而不知无所谓伏应者，伏应之至也；人知所谓断续而不知无所谓断续者，断续立至也。”（《陆悬圃文序》）古今中外作品的结构，不外是伏应和断续。超出伏应、断续，便在结构上得到大解放。苏东坡所说的“常行于所当行，常止于不可不止”，是散文化小说作者自觉遵循的结构原则。

哦，还有情节。情节，那没有什么。

有一些散文化的小说所写的常常只是一种意境。《白净草原》写了多少事呢？《竹林的故事》写的只是几个孩子对于他们的小天地的感受，是一篇他们的富有诗意的生活的“流水”（中国的往日的店铺把逐日随手所记账目叫作“流水”，这是一个很好的词汇）。《长河》的《秋（动中有静）》写的只是一群过渡人无目的、无条理的闲话，但是那么亲切，那么富有生活气息。沈从文创造了一种寂寞和凄凉的意境，一片秋光。某些散文化小说也许可称之为“安静的艺术”。《白净草原》《秋（动中有静）》，这从题目上就可以看得出来。阿左林所写的修道院是静静的。声音、颜色、气味，都是静静的。日光和影子是静静的。人的动作、神情是静静的。墙上的常春藤也是静静的。散文化小说往往都有点怀旧的调子，甚至有点隐逸的意味。这有什么不好呢？我不认为这样一些小说所产生的影响是消极的。这样的小说的作者是爱生活的，他们对生活的态度是执着的。他们没有忘记窗外的喧嚣而躁动的尘世。

散文化小说的作者十分潜心于语言。他们深知，除了语言，小说就不存在。他们希望自己的语言雅致、精确、平易。他们让他们对于生活的态度于字里行间自自然然地流出，照现在西方所流行的一种说法是：注意语言对于主题的暗示性。他们不把倾向性“特别地说出”。散文化小说的作者不是先知，不是圣哲，不是无所不知的上帝，不是富于煽动性的演说家。他们是读者的朋友。因此，他们自己不拘束，也希望读者不受拘束。

散文化的小说会给小说的观念带来一点新的变化。

一九八六年十一月十七日　北京

注释

原载《八方》丛刊一九八七年第五期。

林斤澜的矮凳桥

林斤澜回温州住了一段，回到北京，写出了一系列关于矮凳桥的小说。他回温州，回北京，都是回。这些小说陆续发表后，有些篇我读过。读得漫不经心。我觉得不大看得明白，也没有读出好来。去年十月，我下决心，推开别的事，集中精力，读斤澜的小说，读了四天。苏东坡说他读贾岛的诗，“初如食小鱼，所得不偿劳”。读斤澜的小说，有点像这样：费事。读到第四天，我好像有点明白了。而且也读出好来了。不过叫我写评论，还是没有把握。我很佩服评论家，觉得他们都是胆子很大的人。他们能把一个作家的作品分析得头头是道，说得作家自己目瞪口呆。我有时有点怀疑。子非鱼，安知鱼之乐？你没有钻到人家肚子里去，怎么知道人家的作品就是怎么怎么回事呢？我看只能抓到一点，就说一点。言谈微中，就算不错。

林斤澜的桥

矮凳桥到底是什么样子？搞不清楚。苏南有些地方把小板凳叫作矮凳。我的家乡有烧火凳，是简陋的长凳而矮脚的。我觉得矮凳桥大概像烧火凳。然而是砖桥还是石桥，不清楚。——不会是木板桥，因为桥旁可以刻字。这都没有关系。

舍渥德·安德生写了一系列关于温涅斯堡的小说。据说温涅斯堡是没有的，这是安德生自己想出来的，造出来的。林斤澜的矮凳桥也有点是这样。矮凳桥可能有这么一个地方，有一点影子，但未必像斤澜所写的一样。斤澜把他自己的生活阅历倾入了这个地方，造了一座桥，一个小镇。斤澜在北京住了三十多年，对北京，特别是北京郊区相当熟悉。“文化大革命”以前他写过不少表现“社会主义新人”的小说，红了一阵。但是我总觉得那个时候，相当多的作家，都有点像是说着别人的话，用别人也用的方法写作。斤澜只是写得新鲜一点，聪明一点，俏皮一点。我们都好像在“为人作客”。这回，我觉得斤澜找到了老家。林斤澜有了自己的思想，自己的感情，自己的语言，自己的叙述方式，于是有了真正的林斤澜的小说。每一个作家都应当找到自己的老家，有自己的矮凳桥。

斤澜的老家在温州，他写的是温州。但是他写的不是乡土文学。乡土文学是一个恍恍惚惚的概念。但是目前某些标榜乡土文学的同志，他们在心目中排斥的实际上是两种东西，一是哲学意蕴，一是现代意识。林斤澜不是这样。

林斤澜对他想出来的矮凳桥是很熟悉的。过去、现在都很熟悉。他没有写一部矮凳桥的编年史。他把矮凳桥零切了。这样的写法有它的方便处。他可以从不同角度来审视。横写、竖写都行。他对矮凳桥的男女老少可以呼之即来，挥之则去。需要有人写几个字，随时拉出了袁相舟；需要来一碗鱼丸面，就把溪鳗提了出来。而且这个矮凳桥是活的。矮凳桥还会存在下去，笑翼、笑耳、笑杉都会有她们的未来。官不知会“娶”进一个什么样的后生。这样，林斤澜的矮凳桥可以源源不竭地写下去。这是个巧法子。

幔

“世界好比叫幔幔着，千奇百怪，你当是看清了，其实雾腾腾……”(《小贩们》)。

幔就是雾。温州人叫“幔”，贵州人叫“罩子”，——“今天下罩子”，意思都差不多。北京人说人说话东一句西一句，摸不清头绪，云里雾里的，写成文章，说是“云山雾罩”。照我看，其实应该写成“云苫雾罩”。林斤澜的小说正是这样：云苫雾罩。看不明白。

看不明白有两方面的原因。

一个是作者自己就不明白。斤澜在南京曾说：“我自己都不明白，怎么能让你明白呢？”斤澜说：“比如李地，她的一生，她一生的意义，我就不明白。”我当时在旁边，说：“我倒明白。这就是一个人不明白的一生。”有的作家自以为对生活已经吃透，什么事都明白，他可以把一个人的一生，来龙去脉，前因后果，原原本本地告诉读者，而且还能清清楚楚地告诉你一大篇生活的道理。其实人为什么活着，是怎么活过来的，真不是那样容易明白的。“君子于其所不知，盖阙如也”，只能是这样。这是老实态度。不明白，想弄明白。作者在想，读者也随之而在想。这个作品就有点想头。

另一方面，是作者故意不让读者明白。作者写的是什么，他心里是明白的，但是说得闪烁其词，含糊其词，扑朔迷离，云苫雾罩。比如《溪鳗》，还有《李地》里的《爱》，到底说的是什么？

在林斤澜作品讨论会上，有两位青年评论家指出：这里写的是性。我完全同意他们的说法。

写性，有几种方法。一种是赤裸裸地描写性行为，往丑里写。一种办法是避开正面描写，用隐喻，目的是引起读者对于性行为的诗意的、美的联想。孙犁写的一个碧绿的蝈蝈爬在白色的瓠子花上，就用的是这种办法。还有一种办法，就是林斤澜所用的办法，是把性象征化起来。他写得好像全然与性无关，但是读起来又会引起读者隐隐约约的生理感觉。

林斤澜屡次写鱼。鳗，泥鳅。闻一多先生曾著文指出：中国从《诗经》到现代民歌里的“鱼”都是“廋辞”。“鱼水交欢”嘛。不但是鱼，水，也是性的廋辞。

“袁相舟端着杯子，转脸去看窗外，那汪汪溪水漾漾流过晒烫了的石头滩，好像抚摸亲人的热身子。到了吊脚楼下边，再过去一点，进了桥洞。在桥洞那里不老实起来，撒点娇，抱点怨，发点梦呓似的呜噜呜噜……”（《溪鳗》）。这写的是什么？

《爱》写得更为露骨：

“三更半夜糊里糊涂，有一个什么——说不清是什么压到身上，想叫，叫不出声音。觉得滑溜溜的在身上又扭又袅袅的，手脚也动不得。仿佛‘袅’到自己身体里去了。自己的身体也滑溜了，接着，软瘫热化了。”

《溪鳗》最后写那个男人瘫痪了，这说的是什么？说的是性的枯萎。

《溪鳗》的情况更复杂一些。这篇小说同时存在两个主题，性主题和道德主题。溪鳗最后把一个瘫痪男人养在家里，伺候他，这是一种心甘情愿也心安理得的牺牲，一种东方式的道德的自我完成。既是高贵的，又是悲剧性的。这两个主题交织在一起。性和道德的关系，这是一个既复杂而又深邃的问题。这个问题还很少有作家碰过。

这个问题林斤澜也还没有弄明白，他也还在想。弄明白了，就没有什么意思了。有意思的不是明白，是想。弄明白，是心理学家的事；想，是作家的事。

斤澜的小说一下子看不明白，让人觉得陌生。这是他有意为之的。他就是要叫读者陌生，不希望似曾相识。这种做法不但是出于苦心，而且确实是“孤诣”。

使读者陌生，很大程度上和他的叙述方法有关系。有些篇写得比较平实，近乎常规；有些篇则是反众人之道而行之。他常常是虚则实之，实则虚之；无话则长，有话则短。一般该实写的地方，只是虚虚写过；似该虚写处，又往往写得很翔实。人都是有话则长，无话则短。斤澜常于无话处死乞白赖地说，说了许多闲篇，许多废话；而到了有话（有事，有情节）的地方，三言两语。

比如《溪鳗》,“有话”处只在溪鳗收留照料了一个瘫子,但是着墨不多,连溪鳗和这个男人究竟有过什么事都不让人明白(其实稍想一下还不明白么);但是前面好几页说了鳗鱼的种类,鱼丸面的做法,袁相舟的诗兴大发,怎么想出“鱼非鱼小酒家”的店名……比如《小贩们》,“事儿”只是几个孩子比别的纽扣小贩抢先了一步,在船不靠码头的情况下跳到水里上岸,赶到电镀厂去镀了纽扣;但是前面写了一大堆这几个小贩子和女舵工之间的漫谈,写了幔,写了“火雾”(对于火雾的描写来自斤澜和我们同到吐鲁番看火焰山的印象,这一点我知道),写了三兄弟往北走的故事,写了北方撒尿用棍子敲、打豆浆往绳子上一浇就拎回家去了……这么写,不是喧宾夺主么?不。读完全篇,再回过头来看看,就会觉得前面的闲文都是必要的、有用的。《溪鳗》没有那些云苫雾罩的、不着边际的闲文,就无法知道这篇小说究竟说的是什么。花非花,鱼非鱼,人非人,性非性。或者可以反过来:人是人,性是性。袁相舟的诗:“今日春梦非春时”,实在是点了这篇小说的题。《小贩们》如果不写这几个孩子的闲谈,不写出他们的活跃的想象,他们对于生活的充满青春气息的情趣,就无法了解他们脱了鞋袜跳到冰冷的水里的劲儿是从哪里来的,他们就成了心灵手快的名副其实的小商贩,他们就俗了,不可爱了。

“无话则长,有话则短”,这个话我当面跟斤澜说过。他承认了。拆穿了西洋景,有点煞风景,他倒还没有不高兴。他说:“有话的地方,大家都可以说,我就少说一点;没有话的地方,别人不说,我就多说说。”

斤澜是很讲究结构的。我曾在一篇文章里写过:小说结构的特点是“随便”。斤澜很不以为然。后来我在前面加了一句状语:

苦心经营的随便，他算是拟予同意了。其实林斤澜的小说结构的精义，我看也只有一句：打破结构的常规。

斤澜近年小说还有一个特点，是搞文字游戏。“文字游戏”大家都以为是一个贬词。为什么是贬词呢？没有道理。斤澜常常凭借语言来构思。一句什么好的话，在他琢磨一团生活的时候，老是在他的思维里闪动，这句话推动着他，怂恿着他，蛊惑着他，他就由着这句话把自己飘浮起来，一篇小说终于受孕、成形了。舴艋舟、蚱蜢周、做舴艋舟的木匠姓周、老蚱蜢周、小蚱蜢周、李清照的“只恐双溪舴艋舟，载不动许多愁”……这许多音同形似的字儿老是在他面前晃，于是这篇小说就有了一种特殊的音响和色调。他构思的契机，我看很可能就是李清照的词。《溪鳗》的契机大概就是白居易的诗：花非花，鱼非鱼。这篇小说写得特别迷离，整个调子就是受了白居易的诗的暗示。白居易的“花非花，雾非雾”是一个到现在还没有解破的谜，《溪鳗》也好像是一个谜。

林斤澜把小说语言的作用提到很多人所未意识到的高度。写小说，就是写语言。

人

我这样说，不是说林斤澜是一个形式主义者。矮凳桥系列小说有没有一个贯串性的主题？我以为是有的。那就是：人。或者：人的价值。这其实是一个大家都用的，并不新鲜的主题。不过林斤澜把它具体到一点：“皮实”。什么是“皮实”？斤澜解释得清楚，就是生命的韧性。

“石头缝里钻出一点绿来，那里有土吗？只能说落下点灰尘。有水吗？下雨湿一湿，风吹吹就干了。谁也不相信，谁也不知觉，这样的不幸，怎么会钻出一片两片绿叶，又钻出紫色的又朴素又新鲜的花朵。人惊叫道：‘皮实’。单单活着不算数，还活出花朵叫世界看看，这是‘皮实’的极致。”——《舴艋舟》。

他们当中有人意识到，并且努力要证实自己的存在的价值的。车钻冒着危险“破”掉矮凳桥下“碧沃”两个字，“什么也不为，就为叫大家晓得晓得我。”笑杉在坎肩上钉了大家都没有的古式的铜扣子，徜徉过市，又要一锤砸毁了，也是“我什么也不为，就为叫你们晓得晓得我。”有些人并不那样意识到自己的价值，但是她们个个儿用自己的所作所为证实了自己的价值，如溪鳗，如李地。

李地是一位母亲的形象。《惊》是一篇带有寓言性质的小说。很平淡，但是发人深思。当一群人因为莫须有的尾巴无故自惊，炸了营的时候，李地能够比较镇静。她并没有泰然自若，极其理智，但是她慌乱得不那么厉害，清醒得比较早。她所以能这样，是因为她经历的忧患较多，有一点曾经沧海了。这点相对的镇静是美丽的。长期的动乱，造就了这样一位沉着的母亲。李地到供销社卖了一个鸡蛋，六分钱。她胸有成竹地花了这六分钱：两分盐；两分线——一分黑线一分白线；一分石笔；一分冰糖（冰糖是给笑翼买的）。这本是很悲惨的事（林斤澜在小说一开头就提明这是六十年代初期的故事，我们都是从六十年代初期活过来的人，知道那年代是怎么回事），但是林斤澜没有把这件事写得很悲惨，李地也没有觉得悲惨。她计划着这六分钱，似乎觉得很有意思。这一分冰糖让她快乐。这就是“皮实”。能够度过困苦的、卑微的生活，这还不算，能于困苦卑微的生活中觉得快乐，在没有意思的生活中觉出生活的意思，这才是真真的“皮实”，这才是生命的韧性。矮凳桥是不幸的。中国是不幸的。但是林斤澜并没有用一种悲怆的或是嘲弄的感情来看矮凳桥，我们时时从林斤澜的眼睛里看到一点温暖的微笑。林斤澜你笑什么？因为他看到绿叶，看到一朵一朵朴素的紫色的小花，看到了“皮实”，看到了生命的韧性。“皮实”是我们这个民族的普遍的品德。林斤澜对我们的民族是肯定的、有信心的。因此我说：《矮凳桥》是爱国主义的作品。——爱国主义不等于就是打鬼子！

林斤澜写人，已经超越了“性格”。他不大写一般意义上的、外部的性格。他甚至连人的外貌都写得很少，几笔。他写的是人的内在的东西，人的气质，人的“品”。得其精而遗其粗。他不是写人，写的是一首一首的诗。溪鳗、李地、笑翼、笑耳、笑杉……都是诗，朴素无华的、淡紫色的诗。

涩

斤澜的语言原来并不是这样的。他的语言原来以北京话为基础（写的是京郊），流畅，轻快，跳跃，有点法国式的俏皮。我觉得他不但受了老舍，还受了李健吾的影响。后来他改了，变得涩起来，大概是觉得北京话用得太多，有点“贫”。《矮凳桥》则基本上用了温州方言。这是很自然的，因为写的是温州的事。斤澜有一个很大的优势，他一直能说很地道的温州话。一个人的“母舌”总会或多或少地存在于他的作品里的。在方言的基础上调理自己的文学语言，是八十年代相当多的作家清楚地意识到的。

语言是一种文化现象。语言的背景是文化。一个作家对传统文化和某一特定地区的文化了解得愈深切，他的语言便愈有特点。所谓语言有味、无味，其实是说这种语言有没有文化（这跟读书多少没有直接的关系。有人读书甚多，条理清楚，仍然一辈子语言无味）。每一种方言都有特殊的表现力，特殊的美。这种美不是另一种方言所能代替，更不是普通话所能代替的。普通话是语言的最大公约数，是没有性格的。斤澜不但能说温州话，且能深知温州话的美。他把温州话融入文学语言，我以为是成功的。但也带来一定的麻烦，即一般读者读起来费事。斤澜的语言越来越涩了。我觉得斤澜不妨把他的语言稍为往回拉一点，更顺一点。这样会使读者觉得更亲切。顺和涩我觉得是可以统一起来的。斤澜有意使读者陌生，但还不是拒人于千里之外。陌生与亲切也是可以统一起来的。让读者觉得更亲切一些，不好么？

董解元云："冷淡清虚最难做"。斤澜珍重！

一九八七年一月九日

注释

原载一九八七年一月三十一日《文艺报》。

自序

我曾在一篇谈我的作品的小文中说过：我的作品不是，也不可能是中国当代文学的主流。我觉得这样说是合乎实际的，不是谦虚。“主流”是什么？我说不清楚，也不想说。我只是想：我悄悄地写，读者悄悄地看，就完了。我不想把自己搞得很响亮。这是真话。

我年轻时曾受过西方的、现代主义文学的影响。但是我已经六十七岁了。我经历过生活中的酸甜苦辣，春夏秋冬，我从云层回到地面，我现在的文学主张是：回到民族传统，回到现实主义。

一位公社书记曾对我说：有一天，他要主持一个会，收拾一下会场。发现会议桌的塑料台布上有一些用圆珠笔写的字。昨天开过大队书记的会，这些字迹是两位大队书记写的。他们对面坐着，一人写一句。这位公社书记细看了一下，原来这两位大队书记写的是我的小说《受戒》里明海和小英子的对话。他们能一字不差地默写出来。这件事使我很感动。我想：写作是件严肃的事。我的作品到底能在精神上给读者一些什么呢？

我想给读者一点心灵上的滋润。杜甫有两句形容春雨的诗："随风潜入夜，润物细无声。"我希望我的小说能产生这样的作用。

一九八七年九月二十日于爱荷华

字的灾难

北京人遭到一场字的灾难。

从前在北京上街，遇不到这样多的字。看到一些字，是很愉快的。到琉璃井一带看看“青藜阁”之类的旧书店、各家南纸店的招牌，是一种享受。这些匾大小合适，制作讲究而朴素，字体清雅无火气。经过卖藤萝饼的“正明斋”，卖帽子的“同陞和”，招牌上骨力强劲而并不霸悍的大字会使人放慢脚步多看两眼。许多不大的铺子门前，还能看到“有匾皆书塄”的王塄的稍带行书笔意的欧体字，虽多，但不俗。东单牌楼香烛店的“细心坚烛、诚意高香”，西单牌楼桂香村的“味珍鸡跖、香渍豚蹄”，那字也看得过去。

就是煤铺门外粉壁上的“乌金墨玉、石火光恒”，写的也并非“酱肘子字”。北京牌匾的字多可看，让人觉得北京真是“文化城”，有文化。

现在可不然了。满街都是字。许多店铺把所卖的货物用红漆写在门前的白墙上，更多的是用塑料刻的字反贴在橱窗的大玻璃上。一个五金交电公司，可以把阀门、导管、扁线、圆线、开关、变压器……一塌刮子都标明在橱窗上，写得满满的。这是干什么？如果是中药店呢？是不是要把人参、鹿茸、甘草、黄芪、防风、连翘、肉桂、厚朴、槟榔、通草、福橘络、菟丝子……都写在橱窗上？再加上到处的菜摊都用竖立的黑板，白粉大书：“韭菜”；所有的小饭馆都在门外矗着一个红漆的牌子，用黄色的广告色写道：“涮羊肉”，于是北京到处是字，喧嚣哄闹，一塌糊涂。

“文化大革命”以后，逐渐恢复了请人写招牌的风气，这本是好事。我很欣赏天桥实惠餐馆的一块很小的匾，黑地绿字，写的是繁体字，笔画如兰叶，稍带分书笔意，却不作蚕头燕尾，字体微长，横平竖直，很雅致。大字里最好的我以为是“懋隆”，只有两个字。这两个字笔画都多，本不好摆，但是位置得恰好，很稳，而且笔到墨到，流畅饱满。我最初怀疑这是集的郑孝胥的字，后来看加了款，是赵朴初写的（落款有损“画面”的完整，没有原来的好看了）。赵朴老的匾还有一块写得很好的是“功德林”（这是一个素菜馆）。启功写的匾，我以为最好看的是“洞庭春酒家”，不大，黑地金字，放在一个垂花门里，真是美极了。启元老的字书生气重，放得太大，易显得单薄，这样大小正合适。陈叔老（亮）的字功力深厚，虽枯实腴，但笔稍瘦，又喜作行草，于牌匾不甚相宜。如为“鸿霞”写的一块，字很好，但那“霞”字写得很草，恐怕很多人不认得。近二三年，写的字在商店、公司、餐厅间最时行的，似是刘炳森和李铎。他们是中年书法家。刘炳森的字我在京西宾馆看过两个条幅，隶书，规规矩矩，笔也提得起，是汉隶，很不错。但是他写的招牌笔却是扁的，完全如包世臣所说“毫铺纸上”，不知是写时即是这样，还是做招牌做成了这样？他的字常被用氧化铝之类的金属贴面，表面平滑，锃光瓦亮，越发显得笔很扁。隶书是不宜用这样的“工艺”处理的。李铎的字我在卧龙冈武侯祠看到过一副对联，字很潇洒，用笔犹有晋人意（不知我有没有记错）。但他近年的字变了，用笔捩转，结体险怪，字有怒气。这种字写八尺甚至丈二匹的大横幅，很有气势，但做商店的招牌不甚相宜。抬头看见几个愤愤不平的大字，也许会使顾客望而却步。刘炳森和李铎的字在商业界似乎已经产生一种迷信，似乎有了这样的字的招牌，这个买卖才算个像样的买卖，有如过去上海的银楼、绸缎庄都得请武进唐驼写一块匾，天津则粮食店、南货店都得请华世奎写一样。刘炳森和李铎应该意识到自己的社会责任，除了照顾老板、经理的商业心理（他们的字写成某种样子可能受了买主的怂恿），也照顾一下市民的审美心理。你们有没有意识到，你们的字对北京的市容是有影响的？

北京街上字多，而且越来越大，五颜六色，金光闪闪，这反映了北京人的一种浮躁的文化心理。希望北京的字少一点，小一点，写得好一点，使人有安定感、从容感。这问题的重要性不下于加强绿化。

注释

原载一九八八年六月五日《光明日报》。

小传·有益于世道人心

小传

我，江苏高邮人，一九二〇年生。西南联合大学中国文学系毕业。在大学时曾师从著名作家沈从文学习写作。一九四〇年开始发表小说。曾在昆明、上海任中学教员。后在北京市文联、中国民间文艺研究会工作，编过《说说唱唱》和《民间文学》。一九六二年起，在北京京剧院任编剧，直至现在。

我写得比较多的是短篇小说，——我喜爱短篇小说这种形式，没有写过长篇和中篇。也写散文、评论（关于文学和戏曲、民间文学的）。年轻时写过诗，现在偶尔还写一点。

我的本职工作是编剧，也写京剧剧本。

中国的古代作家里，我喜爱明代的归有光。中国现代作家中，我受鲁迅和沈从文的影响较深。外国作家里，我喜爱契诃夫，其次是西班牙的阿左林。

我的业余爱好是画画（中国水墨画）和写字。

有益于世道人心

我写的小说里的人是普通的人。大都是我的熟人。个别小说里也写了英雄，但我是把他作为一个普通人来写的。我想在普普通通的人的身上发现人的诗意，人的美。

我主张写小说是要考虑社会效果的。一篇小说总是会对读者产生影响的。应该使读者的精神境界有所提高，使人想活得更高尚一点。用我的说法，要“有益于世道人心”。但这种影响只能是潜在的，像杜甫咏春雨的诗所写的那样：“随风潜入夜，润物细无声。”我不主张用小说来教训人。作者是读者的朋友，不是读者的老师。

作家应该是一个有文化修养的人。我是一个中国人，从小读中国书较多，自然会受到中国传统文化的影响。在传统文化里，我受儒家的思想影响比较深。儒家思想有好的一面，即对人的尊重，人的关心。我很欣赏宋儒的两句诗：“顿觉眼前生意满，须知世上苦人多。”我的小说里常包含对人的同情。曾戏称自己为一个中国式的人道主义者。

我年轻时曾受过西方现代派的影响。但是近年主张：回到现实主义，回到民族传统。

一九九一年，在故乡高邮的运河上

不要在小说里激昂慷慨，不要各色各样的感伤主义。小说应该是平静的，娓娓而谈。

小说应该是散散漫漫的，不要过于严谨的结构。苏东坡说他作文“大略如行云流水，初无定质；但常行于所当行，常止于所不可不止。文理自然，姿态横生”，我觉得短篇小说正当如此。

注释

原载《当代中国作家百人传》，求实出版社，一九八九年六月。

《桃源与沅州》赏析

沈从文先生一九三四年因事回湘西；一九三七年由北平往昆明，又由湘西转道。两次回乡，各写了一本书。一本《湘行散记》，一本《湘西》。本篇即取自《湘行散记》。《湘行散记》有几篇有人物，有故事，近似小说，如《一个戴水獭皮帽子的朋友》《一个多情水手和一个多情妇人》《一个爱惜鼻子的朋友》。这一篇写有关两个地方的见闻和感慨，无具体人物，无故事情节，是一篇纯粹的散文。

从表面看，这两本书都写得很轻松，笔下不乏幽默谐趣，似乎在和人随意谈天，且时时自己发笑，并不激昂慷慨，但是透过轻松，我们看到作者的心是相当沉重的。这里有着对家乡的严重的关切，对于家乡人的深挚的同情，乃至悲悯。

桃源并不是“世外桃源”。作者一开头就说“至于住在那儿的人呢，却无人自以为是遗民或神仙，也从不曾有人遇着遗民或神仙”。这地方是沅水边的一个普通的水码头，一个被历史封闭在湘西一角的小城。这里的人是一些普普通通的人，一些渺小、卑贱、浑浑噩噩的人。他们在这里吃饭穿衣，生老病死。在他们的生活上面，总有一层悲惨的影子。

在沈先生的一些以沅水为背景的小说和散文中，经常出观的有两种人：妓女和水手。这篇散文主要说及的也正是这两种人。妓女是旧中国通商码头必不可少的古老职业。桃源的妓女是所谓“土娼”。她们在一些从大城市来的“风雅人”眼中是颇具浪漫主义色彩的。“这些人往桃源洞赋诗前后，必尚有机会过后江走走。由朋友或专家引导，这家那家坐坐，烧匣烟，喝杯茶。看中意某一个女人时，问问行市，花个三元五元，便在那龌龊不堪万人用过的花板床上，压着那可怜妇人胸膛放荡一夜。”这些土娼“有病本不算一回事。实在病重了，不能作生活挣饭吃，间或就上街走到西药房去打针，六零六三零三扎那么几下，或请走方郎中配服药，朱砂茯苓乱吃一阵，只要支持得下去，总不会坐下来吃白饭。直到病倒了，毫无希望可言了，就叫毛伙用门板抬到那类住在空船中孤身过日子的老妇人身边去，尽她咽最后那一口气，死去时亲人呼天抢地哭一阵，罄所有请和尚安魂念经，再托人赊购四合头棺木，或借‘大加一’买副薄薄板片，土里一埋也就完事了。”这就是一个人的“价值”。

水手呢？小水手上滩时“一个不小心，闪不知被自己手中竹篙弹入乱石激流中，泅水技术又不在行，淹死了，船主方面写得有字据，生死家长不能过问。掌舵的把死者剩余的一点衣服交给亲长，说明白落水情形后，烧几百钱纸手续便清楚了”。这就是一个人的“价值”。

这些话说起来很平静，“若无其事”，甚至有点“玩世不恭”，但是作家的内心是激动的。越是激动，越要平静；越是平静，才能使人感觉到作者激动之深。年轻的作者，往往竭力要使读者受到感染，激情浮于表面，结果反而使读者不受感动，觉得作者在那里歇斯底里。这是青年作家易犯的通病。

散文到底有多少种写法？有多少篇散文，就有多少种写法。如果散文有若干模式，散文也就不成其为散文了。不过大体分类，我以为有两种。一种是不散的散文，中心突出，结构严谨，起承转合、首尾呼应，文章写得很规整。这一类散文的作者有意为文，写作时是理智的。他们要表达的是某种“意思”，即所谓“载道”。他们受传统古文，尤其是唐宋八大家影响较大。另一种是松散的散文，作者无意为文，只是随便谈天，说到哪里算哪里。章太炎论汪容甫文“起止自在，无首尾呼应之式”，沈先生这篇散文的写法属后一种。他要表达的是感情，情尽则止。文章的分段与衔接处极其自由，有时很突兀。如写了一大段乘桃源小划子溯流而上到沅州，看到风致楚楚的芷草，富抒情性，紧接一段却插进城门上一片触目黑色，是党务特派率乡民请愿，尸体被士兵用刺刀钉在城门示众三天所留下的痕迹，实在很出人意料。沈先生的散文，有时也作一些呼应。如本文以风雅的读书人对桃源的幻想开始，最后也以风雅人虚伪的人生哲学作结。不过沈先生的文章的断续呼应不那么露痕迹，如章太炎所说：自在。

细心的读者应该注意到沈先生在这篇文章附注的一行小字："一九三五年三月北平大城中"。注明"北平"也就可以了，为什么要写明"大城中"？我们从这里可以感到沈先生的一点愤慨。沈先生对于边地小人物的同情，常常是从对大城市的上层人物的憎恶出发的。文章有底有面。写出来的是面，没有完全写出来的是底。有面无底，文章的感情就会单薄。这里，对边地小民的同情是面，对绅士阶级的憎恶是底。沈先生的许多小说、散文，往往是由对于两种文明的比照而激发出来的。

《常德的船》赏析

沈从文先生逝世后，在遗体告别仪式上，一位新华社记者找到我，希望我用最少的语言概括沈先生的一生。在那种场合下，不暇深思，我只说了两点。一是：沈先生是一个真诚的爱国主义者；二是：他是我所认识的真正甘于淡泊的作家，这种淡泊不仅是一种人的品德，而且是一种人的境界。我应《人民日报》之约写了一篇悼念沈先生的文章，题目是《一个爱国的作家》。我在几篇文章里都提到沈先生是一个爱国主义者。有熟悉沈先生的为人的同志，说这是对沈先生最起码的评价。但是就是这样最起码的评价，也不是至今对沈先生持有偏见的某些现代文学史家、评论家所能接受的。

沈先生的爱国主义，我以为，集中表现为两个方面。一是对于祖国文化的热爱，这有他的有关文物的著作为证；一是对故乡的热爱，这有他的许许多多小说、散文为证。沈先生写得最多，也写得最好的作品，是以沅水为背景的。一个人如此不疲倦地表现自己的家乡，实在少见。高尔基的伏尔加河，马克·吐温的密西西比河，都不像沈从文的沅水那样魂萦梦绕。《湘西》就是一本有关沅水流域的极其独特的书。

有一个时期，不知是一些什么人，把沈从文和“与抗战无关论”拉在了一起，这真是一件怪事！沈先生的《湘西》写于抗日战争初期。他在《题记》中明明白白地提出：“民族兴衰，事在人为”，他正是从民族兴衰角度出发，希望湘西人以及全国人有所作为而写这本书的。他说：“我这本小书所写到的各方面现象，和各种问题，虽极琐细平凡，在一个有心人看来，说不定还有一点意义，值得深思！”这样的创作思想是极其入世、极其现实的，怎么能说是“与抗战无关”呢？抗战初期，全国人民都在一种高昂兴奋的情绪中。沈先生这本《湘西》也贯串了一种兴奋情绪，这篇《常德的船》也如此。

说《湘西》是一本极其独特的书，是因为它几乎无法归类。这本书把社会调查、风土志、游记、散文、小说糅合在一起，成为一种新的文体。同样的书，似乎还没有见过。

《常德的船》，这样的题目真是难于措手。似乎用一张大纸，绘制一个“常德船舶一览表”，注明各类船只的形状、特点、用途，也可以了。沈先生没有这样做，而是把各类船只依次罗列，如数家珍，只几笔，就勾画出这些船只的不同“性格”，这就不是任何一览表所能达到的效果了。能把本来应该是枯燥的事说得很生动，是作家的本领。《湘西》里有不少题目看起来都是枯燥的，如《沅陵的人》《辰溪的煤》，但是都很能引人入胜。这里，作者所取的态度、角度，以及叙述的语调，是起决定作用的。《常德的船》写了船，也写了人，写了船户。“这个码头真正值得注意令人惊奇处，实在也无过于船户和他所操纵的水上工具了。要认识湘西，不能不对他们先有一种认识。要欣赏湘西地方民族特殊性，船户是最有价值材料之一种。”《常德的船》所以能产生强烈的感情力量，是由于作者对人的同情，对人的关心。

作者是本地人，十四岁后在沅水流域上下千里各个地方大约住过六七年，既有浓厚的乡情，又对生活非常熟悉，下笔游刃有余，毫不捉襟见肘，其感人艺术效果，当然不是开几个调查会，口问手写，现趸现卖，率尔操觚所赶制出来的“报告文学”所可比拟。

常德的船户之中也有“辰溪船”，弄船人那样“因闲而懒，精神多显得萎靡不振”的，但给人总的印象是忙碌紧张，生气勃勃。这种“生气”，也可说是抗战初期的“民气”，虽然常德暂时离战地还比较远，船户中也并没有涉及抗战的谈话。

《常德的船》除船户之外也提到当地的一些名人，如丁玲、戴修瓒、余嘉锡，特别是麻阳人塑像师张秋潭。沈先生写家乡的散文，总不忘提及当地杰出的人物，这是中国修志的一个传统，一个好的传统。

注释

原载《中国现代散文欣赏辞典》，汉语大辞典出版社，一九九〇年一月。

小说的思想和语言

有的作家、评论家问我，小说里边最重要的是什么？我说最重要的是思想。思想就是作家对生活的看法、感受和对生活的思索。我觉得，小说的形成当然首先得有生活。我比较同意老的提法："从生活出发"。但是，有了生活不等于可以写作品，更重要的是对这段生活经过比较长时间的思索：它到底有什么意义？写作要经过一个时期的酝酿或积淀，所谓酝酿和积淀，实际上就是思索的过程。有的人生活很丰富，但他并没有成为一个作家。我在内蒙古认识一个同志，这个同志的生活真是丰富。他在抗日战争时期打过游击，年轻时候从内蒙古到新疆拉过骆驼。

他见多识广，而且会唱很多民歌。草原上的草有很多种，他都能认识。他对草的知识不亚于一个牧民。他是好饭量、好酒量、好口才，很能说话，说得很生动。他说过很多有关动物的故事，不像拉封丹写的寓言式的故事，是生活里的故事，关于羊的啰、狼的啰、母猪的啰，他可以说很多，但是他不会写作。为什么呢？因为他不善于思索。我觉得要形成一个作品，更重要的是对于你所接触的那段生活经过长时期的思索。有时候，我写作品很快，几乎不打草稿，一遍就成，但是我想的时间很长。我写过一篇很短的小说《虐猫》，大约九百字，从一个侧面反映“文化大革命”对人性的破坏，不但是大人你斗我、我斗你，连小孩子都非常残忍。我最后写了这几个孩子把猫放了，表示人性还有回归的希望。这个结尾是经过几年思索才落笔的。

我还写过一篇小说，是写我在昆明见到的一个小孩。那小孩未成年，应该是学龄儿童，可他已挣钱养家，因为他家生活很苦，他老挎一个椭圆形的木桶，卖椒盐饼子西洋糕。所谓椒盐饼子就是普通的发面饼子，里面和点椒盐，西洋糕就是发糕。他一边走一边吆喝卖，我几乎每天都听到他吆喝。他是有腔有调的：“椒盐饼子西洋糕”，谱了出来就是“556——6532”。这篇小说我前后写了四次。结尾是，有一天，这孩子放假，他姥姥过生日，他上姥姥家去吃饭，衣服穿得干干净净的，新剃了头。他卖椒盐饼子西洋糕时，街上和他差不多年龄的上学的孩子都学着他唱，不过歌词给他改了：“捏着鼻子吹洋号”。他跟孩子们也没法生气。放假那天，他走到一个胡同里头，回头看没有人，自己也捏着鼻子，大喝了一声：“捏着鼻子吹洋号”。写了以后觉得不够丰满，我就把在昆明所接触的各种叫卖声、吆喝声，如卖壁虱药的、卖蚊香的、卖玉麦粑粑的、收破烂的，写了一长串，作为小孩的叫卖声的背景。这样写就比较丰满，主题就扩展了一些，变成：人世多苦辛。很多人活着都是很辛苦的，包括这个小孩，那么小他就被剥夺了读书、游戏的机会。

我的小说《受戒》，写的是四十三年前的一个梦，那篇小说的生活，是四十三年前接触到的。为什么隔了四十三年？隔了四十三年我反复思索，才比较清楚地认识我所接触的生活的意义。闻一多先生曾劝诫人，当你们写作欲望冲动很强的时候，最好不要写，让它冷却一下。所谓冷却一下，就是放一放，思索一下，再思索一下。现在我看了一些年轻作家的作品，觉得写得太匆忙，他还可以想得更多一些。

关于小说的主题问题

我在山东菏泽有一次讲话，讲完话之后有一个年轻的作家给我写过一个条子，说："汪曾祺同志，请您谈谈无主题小说。"他的意思很清楚，他以为我的小说是无主题的。我的小说不是无主题，我没有写过无主题小说。

我写过一组小说，其中一篇叫《珠子灯》，写的是姑娘出嫁第一年的元宵节，娘家得给她送一盏灯的习俗。这家少奶奶，娘家给她送的灯里有一盏是绿玻璃珠子穿起来的灯。这灯应该每年点一回，可她这盏灯就只点过一次，因为她丈夫很快就死了。我写她的玻璃珠子穿的灯有的地方脱线了，珠子就掉下来了，掉在地板上，她的女用人去扫地，有时就可以扫出一些珠子，她也习惯了珠子散线时掉下来的声音。后来她死了，她的房子关起来，屋子里什么东西都没动，可在房门外有时候能听到珠子脱线嘀嘀嗒嗒地掉到地板上的声音。这写的就是封建贞操观念的零落。我的作品还是有主题的。

我觉得，没有主题，作品无法贯串。我曾打过一个比喻，主题就好像是风筝的脑线，作品就是风筝。没有脑线，风筝放不上去，脑线剪断，风筝就不知飞到哪去了。脑线既是帮助作品飞起来的重要因素，同时又给作品一定的制约。好像我们倒杯酒，你只能倒在酒杯里，不能往玻璃板上倒，倒在玻璃板上怎么喝？无主题就有点像把酒倒在玻璃板上。当然，有些主题确实不大容易说得清楚。人家问高晓声他小说的主题是什么？他说："我要能把主题告诉你，何必写小说，我就把主题写给你就行了。"

综观一些作家的作品，大致总有一个贯串性的主题。比如契诃夫，写了那么多短篇小说，他也有一个贯串性的主题，这个贯串性的主题就是"反庸俗"。高尔基说，契诃夫好像站在路边微笑着对走过的人说："你们可不能再这样生活下去了。"这就是他总结的契诃夫整个小说的贯串性主题。鲁迅作品贯串性的主题很清楚，即"揭示社会的病痛，引起疗救的注意"。我的老师沈从文先生，他作品的贯串性主题是"民族品德的发现和重造"。

另外，跟思想主题有关系的就是作家的使命感、社会责任感，或者作品的社会功能。没有社会功能，他的小说能激发人什么？我是意识到作家的社会责任感的。有人说：我就是写我自己的，不管自己的作品在社会上起什么作用。我认为这是不负责任的。作品产生的作用往往是不一样的，有的比较直接，有的比较间接；有的比较明显，有的比较隐晦。有的作品确实能让人当场看了比较激动，有所行动。比如解放区农村上演《白毛女》，人们看了非常气愤，当时报名参军，上前线打敌人，给白毛女报仇。这个作用当然就很直接。但有很多小说从接受心理学来说，起的作用不是那么太直接，就好像中国的古话“潜移默化”。一个作品给人的思想情绪总会有影响，要不就是积极的，要不就是消极的。一个作品如果使人觉得活着还是比较有意义的，人还是很美、很富于诗意的，能够使人产生一种健康向上的力量，它的影响就是积极的。尽管这是不大容易看得清楚的，这也是一种社会效果。我觉得，文学作品对人的影响就好像杜甫写的《春夜喜雨》一样，“随风潜入夜，润物细无声”。好像一场小小的春雨似的，我说我的作品对人的灵魂起一点滋润的作用。

我很同意法国存在主义者加缪的说法，他说任何小说都是“形象化了的哲学”。比较好的作品里面总有一定哲学意味，不过层次深浅不一样。但总得有作者自己独到的思想。如果说，一个作者有什么独特的风格，我说首先是他有独特的思想。但是，有的作品主题不那么明显，而有的主题可以比较明显，比较单纯。现代小说的主题一般都不那么单纯。应允许主题的复杂性、丰富性、多层次性，或者说主题可以有它的模糊性、相对的不确定性，甚至还有相对的未完成性。一个作品写完后，主题并没有完全完成。我们所解释的主题，往往是解释者自己的认识，未必是作家自己的反映。有人说“有一千个读者就有一千个哈姆莱特”，而这一千个读者所解释的哈姆莱特都有它的道理，你要莎士比亚本人解释，他大概也不太说得清楚。所以说主题有它一定的模糊性。林斤澜有一次讲话，说人家说他的小说看不明白，他说，我自己还不明白，怎么能叫你明白？确实有这种情况，一个作者写完了以后，自己也不大明白。为什么说不确定性呢？你这样写也可以，那样写也行。主题的解释不能有个标准答案，愿怎么理解就怎么理解。但是有一点，必须有你自己独到的理解，有一点你自己感到比较新鲜的理解。《红楼梦》的主题是什么？现在也是众说纷纭。有的说是四大家族的兴衰史，有的说是钗黛恋爱的悲剧，你叫曹雪芹自己来回答《红楼梦》的主题是什么，他也可能不及格。

下面讲语言问题。

我觉得小说以及其他文学作品，语言是非常重要的。我这几年讲语言比较多，人家说你对语言的重要性强调过多，走到极致了，也许是这样。我认为小说本来就是语言的艺术，就像绘画，是线条和色彩的艺术。音乐，是旋律和节奏的艺术。有人说这篇小说不错，就是语言差点，我认为这话是不能成立的。就好像说这幅画画得不错，就是色彩和线条差一点；这个曲子还可以，就是旋律和节奏差一点这种话不能成立一样。我认为，语言不好，这个小说肯定不好。

关于语言，我认为应该注意它的四种特性：内容性、文化性、暗示性、流动性。

语言的内容性

过去，我们一般说语言是表现的工具或者手段。不止于此，我认为语言就是内容。大概中国比较早提出这问题的是闻一多先生。他在年轻时写过一篇关于《庄子》的文章，有一句话大致意思是：“他的文字不只是表现思想的工具，似乎本身就是目的。”我认为，语言和内容是同时依存的，不可剥离的，不能把作品的语言和它所要表现的内容撕开，就好像吃橘子，语言是个橘子皮，把皮剥了吃里边的瓤。我认为语言和内容的关系不是橘子皮和橘子瓤的关系，它是密不可分的，是同时存在的。马克思在论语言问题时说："语言是思想的直接的现实。"我觉得马克思这话说得很好。从思想到语言，当中没有一个间隔，没有说思想当中经过一个什么东西然后形成语言，它不是这样，因此你要理解一个作家的思想，唯一的途径是语言。你要能感受到他的语言，才能感受到他的思想。我曾经有一句说到极致的话，"写小说就是写语言"。

语言的文化性

语言本身是一个文化现象，任何语言的后面都有深浅不同的文化的积淀。你看一篇小说，要测定一个作家文化素养的高低，首先是看他的语言怎么样，他在语言上是不是让人感觉到有比较丰富的文化积淀。有些青年作家不大愿读中国的古典作品，我说句不大恭敬的话，他的作品为什么语言不好，就是他作品后面文化积淀太少，几乎就是普通的大白话。作家不读书是不行的。

语言文化的来源，一个是中国的古典作品，还有一个是民间文化，民歌、民间故事，特别是民歌。因为我编了几年民间文学，我大概读了上万首民歌，我很佩服，我觉得中国民间文学真是一个宝库。我在兰州时遇到一位诗人，这个诗人觉得"花儿"（甘肃、宁夏一带的民歌）的比喻那么多，那么好，特别是花儿的押韵，押得非常巧，非常妙，他对此产生怀疑：这是不是农民的创作？他觉得可能是诗人的创作流传到民间了，后来他改变了看法。有一次，他同婆媳二人乘一条船去参加"花儿会"，这婆媳二人一路上谈话，没有讲一句散文，全是押韵的。到了花儿会娘娘庙，媳妇还没有孩子，去求子，跪下来祷告。祷告一般无非是“送子娘娘给我一个孩子，生了之后我给你重修庙宇再塑金身”。这个媳妇不然，她只说三句话，她说：“今年来了，我是跟您要着哩；明年来了，我是手里抱着哩，咯咯嘎嘎地笑着哩。”这个祷告词，我觉得太漂亮了，不但押韵而且押调，我非常佩服。所以，我劝你们引导你们的学生，一个是多读一些中国古典作品，另外读一点民间文学。这样使自己的语言，有较多的文化素养。

语言的暗示性、流动性这方面的问题，我在《写作》一九九〇年第七期上已经讲过，重复的内容就不再说了，只是对语言的流动性做一点补充。

我觉得研究语言首先应从字句入手，遣词造句，更重要的是研究字与字之间的关系，句与句之间的关系，段与段之间的关系。好的语言是不能拆开的，拆开了它就没有生命了。好的书法家写字，不是一个一个地写出来的，不是像小学生临帖，也不像一般不高明的书法家写字，一个一个地写出来。他是一行一行地写出来，一篇一篇地写出来的。中国人写字讲究行气，“字怕挂”，因为它没有行气。王献之写字是一笔书，不是说真的是一笔，而是指一篇字一气贯穿，所以他的字可以形成一种“气”。气就是内在的运动。写文章就要讲究“文气”。“文气说”大概从《文心雕龙》起，一直讲到桐城派，我觉得是很有道理的。讲“文气说”讲得比较具体，比较容易懂，也比较深刻的是韩愈。他打个比喻说：“气，水也；言，浮物也。水大而物之浮者大小毕浮。气盛，则言之短长与声之高下者皆宜。”我认为韩愈讲得很有科学道理，他在这段话中提出了三个观点。首先，韩愈提出语言跟作者精神状态的关系，他说“气盛”，照我的理解是作家的思想充实，精力饱满。很疲倦的时候写不出好东西。你心里觉得很不带劲，准写不出来好东西。很好的精神状态，气才能盛。另外，他提出语言的标准问题。“宜”就是合适、准确。世界上很多的大作家认为语言的唯一的标准就是准确。伏尔泰说过，契诃夫也说过，他们说一句话只有一个最好的说法。最后，韩愈认为，中国语言在准确之外还有一个具体的标准：“言之短长与声之高下”。这“言之短长”啊，我认为韩愈说了个最老实的话。语言要来要去的奥妙，还不是长句子跟短句子怎么搭配？有人说我的小说都是用的短句子，其实我有时也用长句子。就看这个长句子和短句子怎么安排。“声之高下”是中国语言的特点，即声调，平上去入，北方话就是阴阳上去。我认为中国语言有两大特点是外国语言所没有的：一个是对仗，一个就是四声。郭沫若一次参加世界和平理事会，约翰逊主教说郭沫若讲话很奇怪，好像唱歌一样。外国人讲话没有平上去入四声，大体上相当于中国的两个调，上声和去声。外国语不像中国语，阴平调那么高，去声调那么低。很多国家都没有这种语言。你听日本话，特别是中国电影里拍的日本人讲话，声调都是平的，我觉得现在的年轻人不大注意语言的音乐美，语言的音乐美跟“声之高下”是很有关系的。“声之高下”其实道理很简单，就是“前有浮声，后有切响”，最基本的东西就是平声和仄声交替使用。你要是不注意，那就很难听了。

我在京剧团工作时，有一个老演员对我说，有一出老戏，老旦的一句词没法唱：“你不该在外面散淡浪荡”。“在外面散淡浪荡”，连着七个去声字，他说这个怎么安腔呢？还有一个例子，过去的样板戏《智取威虎山》里有一句词，杨子荣“打虎上山”

唱的，原来是“迎来春天换人间”，后来毛主席给改了，把“春天”改成“春色”。为什么要改呢？当然，“春色”要比“春天”具体，这是一；另外，这完全出于诗人对声音的敏感。你想，如果是“迎来春天换人间”，基本上是平声字。“迎来”“春天”“人间”，就一个“换”字是去声，如果安上腔是飘的，都是高音区，怎么唱呢？没法唱。换个“色”呢，把整个的音扳下来了，平衡了。平仄的关系就是平仄产生矛盾，然后推动语言的声韵。外国没有这个东西，但是外国也有类似中国的双声叠韵。太多的韵母相似的音也不好听。高尔基就曾经批评一个人的作品，他说：“你这篇作品用‘S’这个音太多了，好像是蛇叫。”这证明外国人也有音韵感。中国既然有这个语言特点，那么就应该了解、掌握、利用它。所以我建议你们在对学生讲创作时，也让他们读一点、会一点，而且讲一点平仄声的道理，来训练他们的语感。语言学上有个词叫语感，语言感觉，语言好就是这个作家的语感好；语言不好，这个作家的语感也不好。

注释

原载《写作》一九九一年第四期。

二十年前旧板桥

郑板桥的字画上常常可以看到一方图章，文曰“二十年前旧板桥”。初不知出处，以为是板桥自撰。而且觉得这里面有些牢骚。间亦怀疑：为什么是“二十年前”呢？这从什么时候算起？是从他中了进士以后？当了县太爷以后？还是他的书画出了大名以后？也不能老是“二十年前”呀？三四十岁时说是“二十年前”，六七十岁时还是“二十年前”？近读《升庵诗话》，才知道这是刘禹锡的诗，不是板桥自撰。《升庵诗话》载：“《丽情集》载湖州妓周德华者，刘采春女也，唱刘禹锡柳枝词云：‘春江一曲柳千条，二十年前旧板桥。曾与美人桥上别，恨无消息到今朝。’”《升庵诗话》称“此诗甚佳，而刘集不载”。郑板桥是从哪里读到这首诗的？是从《丽情集》中，还是他看的是杨升庵所转录？郑板桥大概是因为诗中有“板桥”二字，正合他的别号，很喜欢，便取来刻了一方图章，别无深意。他是否还曾与一位美人桥上相别，以此来纪念她？未必。牢骚是可能有一点的。文人画家总有一段不得意的时候，一旦成名，便会有这样的感慨：我还是从前的我，只是你们先前不长眼睛罢了！“二十年前”只是说从前，非确指。郑板桥的牢骚并不太甚。扬州八怪的遭际其实都是比较顺的，不像汪容甫（中）那样孤露寒苦，俯仰由人。

冯乐山的寿联

曹禺的剧本《家》，有一场写高老太爷祝寿。这一天冯乐山送来一副寿联：

翁之乐者山林也

客亦知夫水月乎

这副寿联真是精彩！用了两个前人的全句。上联出自《醉翁亭记》，下联出自《赤壁赋》。自然浑成，天衣无缝。用作寿联，既扣了寿翁，也扣了寿辰，不即不离，亦虚亦实，真是别开生面，善颂善祷！我当时（四十多年前我演过这个戏）佩服得不得了。近读韦居安《梅磵诗话》，发现这原是方秋崖《送客水月园》诗中的两句，不是什么创作。但把这两句诗移作寿联，则很可能是曹禺的创作。

我想曹禺同志是读过《梅磵诗话》的，知道诗的出处的，但是在剧本中未予点破。我想还是以点破为好，否则就便宜了冯乐山这老小子，让人觉得冯乐山虽然人品恶劣，才情学问还是有的。点破了，让人知道这老东西不但是假道学、伪君子，而且善于欺世盗名，抄了别人的东西，还要在大庭广众之下自鸣得意，真是厚颜无耻。有这一笔，可以对冯乐山的性格刻画得更加入木三分。总不能由着这老家伙把大家伙儿全都蒙了过去！

怎样点破，当面揭了他的老底？那样就会使冯乐山下不来台？这会成为这场戏的轩然大波，恐怕这场戏就要大大改写。为求息事宁人，戏也不至伤筋动骨，似以侧面点破为好。由谁来点破？小字辈里总可找一个合适的人的。

质之曹禺同志，不知以为然否？

打油诗

打油诗的代表作是张打油（传为唐人）的《雪诗》：

江上一笼统，井上黑窟窿，
黄狗身上白，白狗身上肿。

一般都以为诗写得俚俗可笑者为“打油诗”，承认这也是一体，但是不能登大雅之堂。但是，清人的诗话中就有称赞此诗“奇绝”的。我也以为这实在是奇绝，尤其是“井上黑窟窿”。大雪之后，郊原一望，很多人都有这印象，但是没有人写过。

《升庵诗话》“劣唐诗”条引了好些唐人的劣诗。有的确实是恶劣。如“莫将闲话当闲话，往往事从闲话生”，真不像是诗。但他举出“水牛浮鼻渡，沙鸟点头行”，以为“此类皆下净优人口中语”，我却未敢苟同。我以为这写得很生动。水牛浮鼻而渡，为水乡常见之景，非生长水乡的人道不出。徐悲鸿、李可染都曾画过浮鼻的水牛；唯沙鸟始能一步一点头，黄永玉画沙洲雪后，有此意境。若水鸟凫雁，是不会有这样的神态的。体物之工，人所不及。

我建议编一本古今打油诗选，选得严一点，要生动有情致，不要专重滑稽。

注释

原载一九九〇年十月二十五日《文学报》。

《受戒》重印后记

漓江出版社要重印《汪曾祺自选集》，建议改名为《受戒》，而以“汪曾祺自选集”为副题。我同意。

我觉得我还是个挺可爱的人，因为我比较真诚。

重谈一些我的作品，发现：我是很悲哀的。我觉得，悲哀是美的。当然，在我的作品里可以发现对生活的欣喜。弘一法师临终的偈语：“悲欣交集”，我觉得，我对这样的心境，是可以领悟的。

我的作品有读者，我真是一则以喜，一则以惧。我给了读者一些什么？我说过我希望我的作品有益于世道人心，我做到了么？

能够做到么？

我算是个“有影响”的作家了。所谓影响，主要是对青年作家的影响。我影响了他们什么？是对生活的、文学的态度，还是仅仅是语言、技巧、韵味？

最近应人之请，写了一篇短文，谈二十一世纪的文学。我认为本世纪的中国文学，翻来覆去，无非是两方面的问题：现实主义与现代主义；继承民族传统与接受西方影响。几年前，我曾在一次关于我的作品的讨论会上提出：回到现实主义，回到民族传统。我说：这种现实主义是容纳多种流派的现实主义；这种民族传统是对外来文化的精华兼收并蓄的民族传统。现实主义和现代主义可以并存，并且可以融合；民族传统与外来影响（主要是西方影响）并不矛盾。二十一世纪的文学也许是更加现实主义的，也更加现代主义的；更多地继承民族文化，也更深更广地接受西方影响的。针对中国目前的文学现状，我认为有强调现代主义、西方文化的必要。

我今年七十一岁，也许还能再写作十年。这十年里我将更有意识地吸收西方现代文学的影响。

我相信二十一世纪的中国文学将是辉煌的。

一九九一年五月十三日

注释

原载《漓江》一九九一年冬季号。

文化的异国

我年轻时就很喜欢桑德堡的诗，特别是那首《雾》。我去参观桑德堡的故居，在果园里发现两棵凤仙花，我很兴奋，觉得很亲切，问陪同我们参观的一位女士："这是什么花？"她说："不知道。"在中国到处都有的花，美国人竟然不认识。

美国也有菊花，我所见的只有两种，紫红色的和黄色的，都是短瓣、头状花序，没有卷瓣的、管瓣的、长瓣的，抱成一个圆球的。当然更不会有"懒梳妆""十丈珠帘""晓色""墨菊"……这样许多名目。美国的插花以多为胜，一大把插在一个广口玻璃瓶里，不像中国讲究花、叶、枝、梗，倾侧取势，互相掩映。

美国也有荷花，但美国人似乎并不很欣赏。他们没有读过周敦颐的《爱莲说》，不懂得什么“香远益清”“出淤泥而不染”。

美国似乎没有梅花。有一个诗人翻译中国诗，把梅花译成杏花。美国人不了解中国人为什么那样喜爱梅花，他们不懂得“疏影横斜水清浅，暗香浮动月黄昏”。不懂得这样的意境，不懂得中国人欣赏花，是欣赏花的高洁，欣赏在花之中所寄寓的人格的美。

中国和西方的审美观念是有很大的不同的。

比较起来，中国对西方的了解比西方对中国的了解要多一些。

我在芝加哥参观美术馆，正赶上后期印象派专题展览，我看了莫奈、梵高、毕加索的原作，很为惊异，我自信我对莫奈、梵高、毕加索是能看懂的、会欣赏的。

我看了亨利·摩尔的雕塑，不觉得和我有不可逾越的距离。

但是西方人对中国艺术是相当陌生的。

中国“昭陵六骏”的“拳毛䯄”“飒露紫”都在美国的费城大学博物馆展出，我曾特意去看过，真了不起！可是除我之外没有别人驻足赞叹。

波士顿博物馆陈列着两幅中国名画，关仝的《雪山行旅图》和传宋徽宗摹张萱《捣练图》。《雪山行旅图》气势雄伟，《捣练图》线条劲细，彩墨如新，堪称中国的国宝。但是美国参观的人似乎不屑一顾。

要一般外国人学会欣赏中国的书法，真是太难了，让他们体会王羲之和王献之有什么不同，那是绝对办不到的，文学上也如此。

中国人对美国的作家，从惠特曼、霍桑、马克·吐温到斯坦贝克、海明威……都是相当熟悉的。尤其是海明威，不少中国作家是受了海明威的影响的，包括我。但是美国人知道几个中国作家？有多少人知道鲁迅、沈从文？这公平么？

是不是中国作家水平低？不见得吧！拿沈从文来说，他的作品比日本的川端康成总还要高一些吧！但是川端康成得了诺贝尔奖，沈从文却一直未获提名通过。这公平么？

中国文学没有在世界范围内得到公平的评价，一方面是因为缺乏了解，另一方面，不能不说，全世界的文学界对中国文学存在着偏见。有人甚至说："中国无文学"，这不仅是狂妄，而且是无知！

我在国外时间极短，与一般华人接触甚少，不能了解他们的心态。与在国外的文化、文学工作者也少交谈，但我可以体会，在不公平的、存偏见的环境中，华人作家、艺术家，他们的心情是寂寞的，而且充满了无可申说的愤懑。

谁教咱们是中国人呢！

一九九一年五月

注释

原载一九九二年一月十二日《中国时报》。

自得其乐

孙犁同志说写作是他的最好的休息。是这样。一个人在写作的时候是最充实的时候，也是最快乐的时候。凝眸既久（我在构思一篇作品时，我的孩子都说我在翻白眼），欣然命笔，人在一种甜美的兴奋和平时没有的敏锐之中，这样的时候，真是虽南面王不与易也。写成之后，觉得不错，提刀却立，四顾踌躇，对自己说："你小子还真有两下子！"此乐非局外人所能想象。但是一个人不能从早写到晚，那样就成了一架写作机器，总得岔乎岔乎，找点事情消遣消遣，通常说，得有点业余爱好。

我年轻时爱唱戏。起初唱青衣，梅派；

后来改唱余派老生。大学三四年级唱了一阵昆曲，吹了一阵笛子。后来到剧团工作，就不再唱戏吹笛子了，因为剧团有许多专业名角，在他们面前吹唱，真成了班门弄斧，还是以藏拙为好。笛子本来还可以吹吹，我的笛风甚好，是“满口笛”，但是后来没法再吹，因为我的牙齿陆续掉光了，撒风漏气。

这些年来我的业余爱好，只有：写写字、画画画、做做菜。

我的字照说是有些基本功的。当然从描红模子开始。我记得我描的红模子是：“暮春三月，江南草長，雜花生樹，群鶯亂飛。”这十六个字其实是很难写的，也许是写红模子的先生故意用这些结体复杂的字来折磨小孩子，而且红模子底子是欧字，这就更难落笔了。不过这也有好处，可以让孩子略窥笔意，知道字是不可以乱写的。大概在我十一二岁的时候，那年暑假，我的祖父忽然高了兴，要亲自教我《论语》，并日课大字一张，小字二十行。大字写《圭峰碑》，小字写《闲邪公家传》，这两本帖都是祖父从他的藏帖中选出来的。祖父认为我的字有点才分，奖了我一块猪肝紫端砚，是圆的，并且拿了几本初拓的字帖给我，让我常看看。我记得有小字《麻姑仙坛》、虞世南的《夫子庙堂碑》、褚遂良的《圣教序》。小学毕业的暑假，我在三姑父家从一个姓韦的先生读桐城派古文，并跟他学写字。韦先生是写魏碑的，但他让我临的却是《多宝塔》。初一暑假，我父亲拿了一本影印的《张猛龙碑》，说：“你最好写写魏碑，这样字才有骨力。”我于是写了相当长时期《张猛龙》。用的是我父亲选购来的特殊的纸。这种纸是用稻草做的，纸质较粗，也厚，写魏碑很合适，用笔须沉着，不能浮滑。这种纸一张有二尺高，尺半宽，我每天写满一张。写《张猛龙》使我终身受益，到现在我的字的间架用笔还能看出痕迹。这以后，我没有认真临过帖，平常只是读帖而已。我于二王书未窥门径。写过一个很短时期的《乐毅论》，放下了，因为我很懒。《行穰》《丧乱》等帖我很欣赏，但我知道我写不来那样的字。我觉得王大令的字的确比王右军写得好。读颜真卿的《祭侄文》，觉得这才是真正的颜字，并且对颜书从二王来之说很信服。大学时，喜读宋四家。有人说中国书法一坏于颜真卿，二坏于宋四家，这话有道理。但我觉得宋人书是书法的一次解放，宋人字的特点是少拘束，有个性，我比较喜欢蔡京和米芾的字（苏东坡字太俗，黄山谷字做作）。有人说米字不可多看，多看则终身摆脱不开，想要升入晋唐，就不可能了。一点不错。但是有什么办法呢！打一个不太好听的比方，一写米字，犹如寡妇失了身，无法挽回了。我现在写的字有点《张猛龙》的底子、米字的意思，还加上一点乱七八糟的影响，形成我自己的那么一种体，格韵不高。

我也爱看汉碑。临过一遍《张迁碑》，《石门铭》《西狭颂》看看而已。我不喜欢《曹全碑》。盖汉碑好处全在筋骨开张，意态从容，《曹全碑》则过于整饬了。

我平日写字，多是小条幅，四尺宣纸一裁为四。这样把书桌上书籍信函往边上推推，摊开纸就能写了。正儿八经地拉开案子，铺了画毡，着意写字，好像练了一趟气功，是很累人的。我都是写行书。写真书，太吃力了。偶尔也写对联。曾在大理写了一副对子：

苍山负雪
洱海流云

字大径尺。字少，只能体兼隶篆。那天喝了一点酒，字写得飞扬霸悍，亦是快事。对联字稍多，则可写行书。为武夷山一招待所写过一副对子：

四围山色临窗秀
一夜溪声入梦清

字颇清秀，似明朝人书。

我画画，没有真正的师承。我父亲是个画家，画写意花卉，我小时爱看他画画，看他怎样布局（用指甲或笔杆的一头划几道印子），画花头，定枝梗，布叶，勾筋，收拾，题款，盖印。这样，我对用墨，用水，用色，略有领会。我从小学到初中，都"以画名"。初二的时候，画了一幅墨荷，裱出后挂在成绩展览室里。这大概是我的画第一次上裱。我读的高中重数理化，功课很紧，就不再画画。大学四年，也极少画画。工作之后，更是久废画笔了。当了右派，下放到一个农业科学研究所，结束劳动后，倒画了不少画，主要的"作品"是两套植物图谱：一套《中国马铃薯图谱》，一套《口蘑图谱》；一是淡水彩，一是钢笔画。摘了帽子回京，到剧团写剧本，没有人知道我能画两笔。重拈画笔，是运动促成的。运动中没完没了地写交代，实在是烦人，于是买了一刀元书纸，于写交代之空隙，瞎抹一气，少抒郁闷。这样就一发而不可收，重新拾起旧营生。有的朋友看见，要了去，挂在屋里，被人发现了，于是求画的人渐多。我的画其实没有什么看头，只是因为是作家的画，比较别致而已。

我也是画花卉的。我很喜欢徐青藤、陈白阳，喜欢李复堂，但受他们的影响不大。我的画不中不西，不今不古，真正是"写意”，带有很大的随意性。曾画了一幅紫藤，满纸淋漓，水汽很足，几乎不辨花形。这幅画现在挂在我的家里。我的一个同乡来，问：“这画画的是什么？”我说是：“骤雨初晴。”他端详了一会儿，说：“哎，经你一说，是有点那个意思！”他还能看出彩墨之间的一些小块空白，是阳光。我常把后期印象派方法融入国画。我觉得中国画本来都是印象派，只是我这样做，更是有意识的而已。

画中国画还有一种乐趣，是可以在画上题诗，可寄一时意兴，抒感慨，也可以发一点牢骚，曾用干笔焦墨在浙江皮纸上画冬日菊花，题诗代简，寄给一个老朋友，诗是：

新沏清茶饭后烟，
自搔短发负晴暄，
枝头残菊开还好，
留得秋光过小年。

为宗璞画牡丹，只占纸的一角，题曰：

人间存一角，
聊放侧枝花，
欣然亦自得，
不共赤城霞。

宗璞把这首诗念给冯友兰先生听了，冯先生说：“诗中有人。”

今年洛阳春寒，牡丹至期不开。张抗抗在洛阳等了几天，败兴而归，写了一篇散文《牡丹的拒绝》。我给她画了一幅画，红叶绿花，并题一诗：

看朱成碧且由他，
大道从来直似斜。
见说洛阳春索寞，
牡丹拒绝著繁花。

我的画，遣兴而已，只能自己玩玩，送人是不够格的。最近请人刻一闲章：“只可自怡悦”，用以押角，是实在话。

体力充沛，材料凑手，做几个菜，是很有意思的。做菜，必须自己去买菜。提一菜筐，逛逛菜市，比空着手遛弯儿要“好白相”。到一个新地方，我不爱逛百货商场，却爱逛菜市，菜市更有生活气息一些。买菜的过程，也是构思的过程。想炒一盘雪里蕻冬笋，菜市场冬笋卖完了，却有新到的荷兰豌豆，只好临时“改戏”。做菜，也是一种轻量的运动。洗菜，切菜，炒菜，都得站着（没有人坐着炒菜的），这样对成天伏案的人，可以改换一下身体的姿势，是有好处的。

做菜待客，须看对象。聂华苓和保罗·安格尔夫妇到北京来，中国作协不知是哪一位，忽发奇想，在宴请几次后，让我在家里做几个菜招待他们，说是这样别致一点。我给做了几道菜，其中有一道煮干丝。这是淮扬菜。华苓是湖北人，年轻时是吃过的。但在美国不易吃到。她吃得非常惬意，连最后剩的一点汤都端起碗来喝掉了。不是这道菜如何稀罕，我只是有意逗引她的故国乡情耳。台湾女作家陈怡真（我在美国认识她），到北京来，指名要我给她做一回饭。我给她做了几个菜。一个是干烧小萝卜。我知道台湾没有“杨花萝卜”（只有白萝卜）。那几天正是北京小萝卜长得最足最嫩的时候。这个菜连我自己吃了都很惊诧：味道鲜甜如此！我还给她炒了一盘云南的干巴菌。台湾咋会有干巴菌呢？她吃了，还剩下一点，用一个塑料袋包起，说带到宾馆去吃。如果我给云南人炒一盘干巴菌，给扬州人煮一碗干丝，那就成了鲁迅请曹靖华吃柿霜糖了。

做菜要实践。要多吃，多问，多看（看菜谱），多做。一个菜点得试烧几回，才能掌握咸淡火候。冰糖肘子、乳腐肉，何时炬软入味，只有神而明之，但是更重要的是要富于想象。想得到，才能做得出。我曾用家乡拌荠菜法凉拌菠菜。半大菠菜（太老太嫩都不行），入开水锅焯至断生，捞出，去根切碎，入少盐，挤去汁，与香干（北京无香干，以熏干代）细丁、虾米、蒜末、姜末一起，在盘中抟成宝塔状，上桌后淋以麻油酱醋，推倒拌匀。有余姚作家尝后，说是“很像马兰头”。这道菜成了我家待不速之客的应急的保留节目。有一道菜，敢称是我的发明：塞肉回锅油条。油条切段，寸半许长，肉馅剁至成泥，入细葱花、少量榨菜或酱瓜末拌匀，塞入油条段中，入半开油锅重炸。嚼之酥碎，真可声动十里人。

我很欣赏《杨恽报孙会宗书》：“田彼南山，芜秽不治。种一顷豆，落而为萁。人生行乐耳，须富贵何时。”“人生行乐耳，须富贵何时”，说得何等潇洒。不知道为什么，汉宣帝竟因此把他腰斩了，我一直想不透。这样的话，也不许说么？

注释

原载《艺术世界》一九九二年第一期。

一点意见

两年前张抗抗到洛阳看牡丹，春寒，牡丹没有开。抗抗很失望，回来写了篇散文《牡丹的拒绝》。我知道后，为她画了幅牡丹，绿花红叶子，题了四句诗："看朱成碧且由他，大道从来直似斜，见说洛阳春索寞，牡丹拒绝著繁花。"希望这次十四大带来洛阳春暖，牡丹盛开。

我只有一点具体的意见：希望尽快举行第五次作代会。希望这次会能按正常程序进行，按作协章程办事，不要有人搞非程序活动。希望这次会能开成一个团结的会、民主的会，使大多作家都能心情舒畅的会。这次会开得成功，将会有助于文学的繁荣。希望通过这次座谈，能把这点声音传给全国作家，听听大家的意见。

注释

原载一九九二年十一月七日《作家报》。

《独坐小品》自序

我的孙女两岁多的时候（她现在已经九岁了），大人问她长大了干什么，她说："当作家。"——"什么是作家？"——"在家里坐着呗。"她大概看我老是坐着，故产生这样的"误读"。

我家有一对老沙发，还是我岳父手里置的，已经有好几十年，面料换了不止一次，但还能坐。坐在老沙发里和坐在真羊皮面新沙发里感觉有所不同。

我不能像王维"独坐幽篁里"那样的潇洒，也不是"今者吾丧我"那样地块然枯坐，坐着，脑子里总会想一点事。东想想，西想想，情绪、思想、形象就会渐渐清晰起来，

约一九八七年，汪曾祺与孙女汪卉

这就是通常所说的构思。我的儿女们看到我坐在沙发里“直眉瞪眼”，就知道我在琢磨一篇小说。到我考虑成熟了，他们也看得出来，就彼此相告：“快点，快点，爸爸有一个蛋要下了，快给他腾个地方！”——我们家在甘家口住的时候，全家五口人只有一张三屉桌，老伴打字，孩子做作业，轮流用这张桌子。到我要“下蛋”的时候，他们就很自觉地让给我。我的小说大都是这样写出来的。

这二年我写小说较少，散文写得较多。写散文比写小说总要轻松一些，不要那样苦思得直眉瞪眼。但我还是习惯在沙发里坐着，把全文想得成熟了，然后伏案着笔。

这些散文大都是独坐所得，因此此集取名为《独坐小品》。

近二三年散文忽然兴旺起来，报刊发表散文多了，有些刊物每年要发一期散文专号，出版社也愿意出散文集，据说是散文现在走俏，行情好，销得出去，这事有点怪。这是很值得研究的文学现象。

与此有关的还有一种现象，是这些年涌现的散文作家多半是两种人：一是女性作家，一是老人，为什么？

女作家的感情、感觉比较细，比较清新，这是散文写作所需要的。老人写散文的多起来，除了因为“庾信文章老更成”，老年人的文笔比较成熟，比较干净，较自然，少做作，还因为老人阅历多一些，感慨较深，寄兴稍远。另外就是书读得比较多。说得更明白一些，就是老作家的散文比较有文化气息。大部分老作家的散文可以归入“学者散文”一类。有人说散文是老人的文体，这话似有贬义，即有些老作家的散文比较干枯，过于平直，不滋润，少才华。这也是实情。我今亦老矣，当以此为戒。

一九九三年三月二十六日

注释

原载《汪曾祺文集·文论卷》，江苏文艺出版社，一九九三年九月。

精辟的常谈

——读朱自清《论雅俗共赏》

朱先生这篇文章的好处，一是通，二是常。

朱先生以为“雅俗共赏”这句成语，“从语气看来，似乎雅人多少得理会到甚至迁就着俗人的样子，这大概是在宋朝或者更后罢。”这说出了“雅俗共赏”的实质，抓住了中国文学发展的一个关键。

朱先生首先找出“雅俗共赏”的社会原因，那就是从唐朝安史之乱之后，“门第迅速地垮了台，社会的等级不像先前那样固定了，‘士’和‘民’这两个等级的分界不像先前的严格和清楚了，彼此的分子在流通着，上下着，而上去的比下来的多”，上来的士人“多少保留着民间的生活方式和生活态度”，他们“要重新估定价值，至少也得调整那旧来的标准与尺度。‘雅俗共赏’似乎就是新提出的尺度或标准”。这是非常精辟的唯物主义的分析。

朱先生提出语录、笔记对“雅俗共赏”所起的作用。

朱先生对文体的由雅入俗作了简明的历史回顾，从韩愈、欧阳修、苏东坡到黄山谷，是一脉相承的。黄山谷提出“以俗为雅”，可以说是纲领性的理论。

从诗到词，从词到曲，到杂剧、诸宫调，到平话、章回小说，到皮黄戏，文学一步比一步更加俗化了。我们还可以举出“打枣竿”“挂枝儿”之类的俗曲。这是文学发展的必然趋势，任何人也奈何不得。

这样，“有了白话正宗的新文学”就是水到渠成、顺理成章的事。

其后便有“通俗化”和“大众化”。

朱先生把好几百年的纷纭复杂的文学现象捋出了一个头绪，清清楚楚，一目了然。一通百通。朱先生把一部文学史真正读通了。

朱先生写过一本《经典常谈》。“常谈”是“老生常谈”的意思。这是朱先生客气，但也符合实际情况：深入浅出，把很大的问题，很深的道理，用不多的篇幅、浅近的话说出来。“常谈”，谈何容易！朱先生早年写抒情散文，笔致清秀，中年以后写谈人生、谈文学的散文，渐归简淡，朴素无华，显出阅历、学问都已成熟。用口语化的语言写学术文章，并世似无第二人。

《论雅俗共赏》是一篇标准的“学者散文”，一篇地地道道的Essay。

注释

原载一九九三年四月十六日《光明日报》。

却顾所来径　苍苍横翠微

我一九四〇年开始发表小说，那年我二十岁。屈指算来，已经有半个世纪了。最初的小说是沈从文先生各体文习作和创作实习课上所交的课卷，经沈先生寄给报刊发表的。四十年代写的小说曾结为《邂逅集》，一九四八年由文化生活出版社出版，以后是一段空白。一九四九年到六十年代，我没有写小说。一九六二年写了三个短篇，在中国少年儿童出版社出了一个小集子《羊舍的夜晚》。以后又是一段空白。到八十年代初，我忽然连续发表了不少小说，一直到现在。

我家的后园有一棵藤本植物，家里人都不知道是什么东西，因为它从来不开花。有一年夏天，它忽然暴发似的一下子开了很多很多白色的、黄色的花。原来这是一棵金银花。我八十年代初忽然写了不少小说，有点像那棵金银花。

为什么我写小说时作时辍，当中有那样长的两大空白呢？

我的小说《受戒》发表后引起一点震动。一个青年作家睁大了眼睛问："小说也是可以这样写的？"他以为小说只能"那样"写，这样写的小说他没有见过。那样写的小说是哪样的呢？要写好人好事，写可以作为大家学习的榜样的先进人物、模范、英雄，要有思想性，有明确的主题……总之，得"为政治服务"。我写不了"那样"的小说，于是就不写。

八十年代为什么又写起来了呢？因为气候比较好。当时强调要解放思想，允许有较多的创作自由。"这样写"似乎也是可以的，于是我又写了。

北京市作家协会举行过我的作品的讨论会，我作了一次简短的发言，题目是《回到现实主义，回到民族传统》。为什么说"回到"？因为我的小说有一个时期是脱离现实的，受西方文学的影响比较大。

我年轻时写小说，除了师承沈从文，常读契诃夫，还看了一些西方现代派的作品，如阿左林、弗·伍尔夫，受了一些影响。我是较早的，也是有意识地运用意识流方法写作的中国作家之一。

有一次，我和一个同学从西南联大新校舍大门走出来。对面的小树林里躺着一个奄奄一息的士兵。他就要死了，像奥登诗所说，就要"离开身上的虱子和他的将军"了。但还有一口气。他的头缓慢地向两边转动着。我的同学对我说："对于这种现象，你们作家要负责！"我当时想起一句里尔克的诗："他眼睛里有些东西，决非天空。”

以后我的作品里表现了较多的对人的关怀。我曾自称为“中国式的抒情的人道主义者”。

我是一个中国人。一个人是不能脱离自己的民族的。“民族”最重要的东西是它的文化。一个中国人，即使没有读过什么书，也是在文化传统里生活着的。有评论家说我受了道家思想的影响，有可能，我年轻时很爱读《庄子》。但我觉得我受儒家思想影响更大一些。我所说的“儒家”是曾点式的儒家，一种顺乎自然，超功利的潇洒的人生态度。因为我写的人物身上有传统文化的印迹，有的评论家便封我为“寻根文学”的始作俑者。看来这顶帽子我暂时只得戴着。

小说里最重要的是什么？我以为是思想。是作家自己的思想，不是别人的思想。是作家用自己的眼睛对生活的观察（我称之为“凝视”），自己的感受，自己的思索，自己对人生的独特的感悟。思索是非常重要的。接触到生活，往往不能即刻理解这个生活片段的全部意义。得经过反复的，一次比一次深入的思索，才能汲出生活的底蕴。作家和常人的不同，无非是对生活想得更多一点，看得更深一点。我有的小说重写过三四次。重写一次，就是一次更深的思索。

与此有关的是文学的社会功能问题。作家的使命感、社会责任，或艺术良心，这些还要不要？有一些青年作家对这一套是很腻味的。我以为还是要的。作品写出来了，放在抽屉里，是作家自己的事。拿出去发表了，就是社会的事。一个作品对读者总会产生这样那样的影响，这事不能当儿戏。但是我觉得作品的社会影响不能看得太直接，要求立竿见影。应该看得更宽一点。我以为一个作家的作品是引起读者对生活的关心，对人的关心，对生活、对人持欣赏的态度，这样读者的心胸就会比较宽厚，比较多情，从而使自己变得较有文化修养，远离鄙俗，变得高尚一点、雅一点，自觉地提高自己的人品。

我六十岁写的小说抒情味较浓，写得比较美，七十岁后就越写越平实了。这种变化，不知道读者是怎么看的。

一九九三年六月十九日

注释

原载一九九三年六月二十六日《光明日报》。

思想·语言·结构

今天让我谈小说。没有系统，只是杂谈。杂谈也得大体有个范围，野马不能跑得太远。有个题目，是“思想·语言·结构”。

小说里最重要的是什么？我以为是思想。这不是理论书里所说的思想性、艺术性的思想。一般所说的思想性其实是政治性。思想是作者自己的思想，不是别人的思想，不是从哪本经典著作里引申出来的思想。是作家自己对生活的独特的感受、独特的思索和独特的感悟。思索是很重要的。我们接触到一个生活的片段，有所触动，这只是创作的最初的契因，对于这个生活片段的全部内涵，它的深层的意义还没有理解。感觉到的东西我们还不能理解它，只有理解了的东西才能更深地感觉它。我以为这是对的。理解不会一次完成，要经过反复多次的思索，一次比一次更深入地思索。一个作家和普通人的不同，无非是看得更深一点，想得更多一点。我有的小说重写了三四次。为什么要重写？因为我还没有挖掘到这个生活片段的更深、更广的意义。我写过一篇小说很短，大概也就是两千字吧，改写过三次。题目是“职业”。刘心武拿到稿子，说：“这样短的小说，为什么要用这么大的题目？”他看过之后，说：“是该用这么大的题目。”“职业”是个很大的题目。职业是对人的限制，对人的框定，意味着人的选择自由的失去，无限可能性的失去。这篇小说写的是一个十一二岁的孩子，正是学龄儿童，如果上学，该是小学五六年级。但是他没有上学。他过早地从事了职业，卖两种淡而无味的食品：椒盐饼子和西洋糕。他挎一个腰圆形的木盆，一边走一边吆喝。他的吆喝是有腔有调的，谱出来是这样：

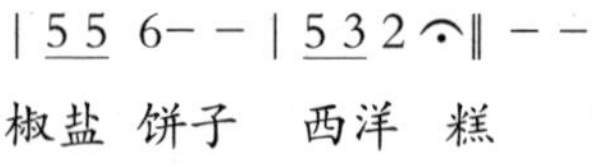

| $\underline{5\ 5}$ 6− − | $\underline{5\ 3}$ 2 𝄐‖ − −

椒盐 饼子 西洋 糕

（这是我的小说里唯一带曲谱的。）

这条街（文林街）上有一些孩子，比卖椒盐饼子西洋糕的略小一点，他们都在上学。他们听见卖椒盐饼子西洋糕的孩子吆喝，就跟在身后模仿他，但是把词儿改了，改成：

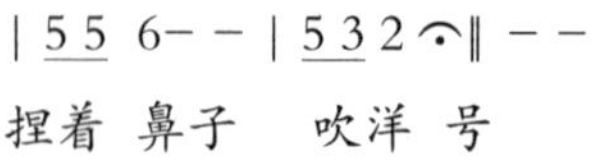

| $\underline{5\ 5}$ 6− − | $\underline{5\ 3}$ 2 𝄐‖ − −

捏着 鼻子 吹洋 号

卖椒盐饼子西洋糕的孩子并不生气，爱学就学去吧！

他走街串巷吆喝，一心一意做生意。他不是个孩子，是个小大人。

一天，他暂时离开了他的职业。他姥姥过生日，他跟老板请了半天假，到姥姥家去吃饭。他走进一条很深的巷子，两头看看没人，大声吆喝了一句："捏着鼻子——吹洋号！"

这是对自己的揶揄调侃。这孩子是有幽默感的。他的幽默是很苦的。凡幽默，都带一点苦味。

写到这里，主题似乎已经完成了。

写第四稿时我把内容扩展了一下，写了文林街上几种叫卖的声音。有一个收买旧衣烂衫的女人，嗓子非常脆亮，吆喝"有——旧衣烂衫找来卖！"一个贵州人卖一种叫化风丹的药："有人买贵州遵义板桥的化风丹？"每天傍晚，一个苍老的声音叫卖臭虫药、跳蚤药、虼蚤药。苗族的女孩子卖杨梅，卖玉麦（即苞谷）粑粑。戴着小花帽，穿着扳尖的绣花布鞋，声音娇娇的。"卖杨梅——""玉麦粑粑——"她们把山里的初秋带到了昆明的街头。

这些叫卖声成了卖椒盐饼子西洋糕的背景。

"椒盐饼子西洋糕！"

这样，内涵就更丰富，主题也深化了，从"失去童年的童年"延伸为："人世多苦辛"。

我写过一篇千字小说《虐猫》，写"文化大革命"中的孩子。"文化大革命"把人的恶德全都暴露出来，人变得那么自私、残忍。孩子也受了影响。大人整天忙于斗争，你斗我，我斗你。孩子没有人管，他们就整天瞎玩。他们后来想出一种玩法，虐待猫，把猫的胡子剪了，在猫尾巴上拴一串鞭炮，点着了。他们想出一种奇怪的恶作剧，找四个西药瓶盖，翻过来，放进万能胶，把猫的四只脚焊在里头。猫一走，一滑，非常难受。最后想出一个简单的玩法，把猫从六楼上扔下来，摔死。这天他们又捉住一只大花猫，用绳子拴着拉回来。到了他们住的楼前，楼前围着一圈人：一个孩子的父亲从六楼上跳下来了。这几个孩子没有从六楼上把猫往下扔，他们把猫放了。

如果只写到这几个孩子用各种办法虐待猫，是从侧面写“文化大革命”对人性的破坏，是“伤痕文学”。写他们把猫放了，是人性的回归。我们这个民族还是有希望的。

想好了最后一笔，我才能动手写这篇小说，一千字的小说，我想了很长时间。

谈谈语言的四种特性：内容性、文化性、暗示性、流动性。

一般都把语言看成只是表现形式。语言不仅是形式，也是内容。语言和内容（思想）是同时存在，不可剥离的。语言不只是载体，是本体。马克思说语言是思想的直接现实，我以为是对的。思想和语言之间并没有中介。世界上没有没有思想的语言，也没有没有语言的思想。读者读一篇小说，首先被感染的是语言。我们不能说这张画画得不错，就是色彩和线条差一点；这支曲子不错，就是旋律和节奏差一点。我们也不能说这篇小说写得不错，就是语言差一点。这句话是不能成立的。可是我们常常听到这样的评论。语言不好，小说必然不好。语言的粗俗就是思想的粗俗，语言的鄙陋就是内容的鄙陋。想得好，才写得好。闻一多先生在《庄子》一文中说过：“他的文字不仅是表现思想的工具，似乎也是一种目的”。我把它发展了一下：写小说就是写语言。

语言是一种文化现象。语言的后面都有文化的积淀。古人说“无一字无来历”，其实我们所用的语言都是有来历的，都是继承了古人的语言，或发展变化了古人的语言。如果说一种从来没有人说过的话，别人就没法懂。一个作家的语言表现了作家的全部文化素养。作家应该多读书。杜甫说：“读书破万卷，下笔如有神。”是对的。除了书面文化，还有一种文化，民间口头文化。李季对信天游是很熟悉的，赵树理一个人能唱一出上党梆子，口念锣鼓、过门，手脚齐用使身段，还误不了唱。贾平凹对西北的地方戏知道得很多。我编过几年《民间文学》，深知民间文学是一个海洋、一个宝库。我在兰州认识一位诗人。兰州的民歌是“花儿”。花儿的形式很特别。中国的民歌（四句头山歌）是绝句，花儿的节拍却像词里的小令。花儿的比喻很丰富，押韵很精巧。这位诗人怀疑这是专业诗人的创作流传到民间去的。有一次他去参加一个花儿会，跟婆媳二人同船。这婆媳二人把这位诗人“唬背了”。她们一路上没有说一句散文，所有对话都是押韵的。韵脚对民歌的歌手来说，不是镣铐，而是翅膀。这个媳妇到娘娘庙去求子。她跪下祷告，不是说送子娘娘，你给我一个孩子，我为你重修庙宇，再塑金身……只有三句话：

今年来了我是跟您要着哩，
明年来了我是手里抱着哩，
咯咯嘎嘎地笑着哩。

三句话把她的美好的愿望全都表现出来了，这真是最美的祷告词。这三句话不但押韵，而且押调，“要”“抱”“笑”都是去声。而且每句的句尾都是“着哩”。

民歌的想象是很奇特的。乐府诗《枯鱼过河泣》：

枯鱼过河泣。
何时悔复及，
作书与鲂鲔，
相教慎出入。

研究乐府诗的学者说：“汉人每有此奇想。”枯鱼（干鱼）怎么还能写信呢？

我读过一首广西民歌，想象也很“奇”，与此类似：

石榴花开朵朵红，
蝴蝶写信给蜜蜂，
蜘蛛结网拦了路，
水漫蓝桥路不通。

我曾经想过一个问题：民歌都是抒情诗（情歌），有没有哲理诗？少，但是有。你们湖南邵阳有一首民歌，写插秧，湖南叫插田：

赤脚双双来插田，
低头看见水中天。
行行插得齐齐整，

退步原来是向前。

“低头看见水中天”，有禅味。“退步原来是向前”，是哲学的思辨。

民歌有些手法是很“现代”的。我在你们湖南桑植——贺老总的家乡，读到一首民歌：

姐的帕子白又白，
你给小郎分一截。
小郎拿到走夜路，
好比天上蛾眉月。

这种想象和王昌龄的《长信秋词》的“玉颜不及寒鸦色，犹带昭阳日影来”有相似处。

我读过一首傣族民歌，只有两句：

斧头砍过的再生树，
战争留下的孤儿。

两句，说了多少东西！这不是现代派的诗么？一说起民歌，很多人都觉得很“土”，其实不然。

我觉得不熟悉民歌的作家不是好作家。

语言的美要看它传递了多少信息，暗示出文字以外的多少东西，平庸的语言一句话只是一句话，艺术的语言一句话说了好多句话，即所谓“言外之意”“弦外之音”。

朱庆余《近试上张水部》，本是刺探一下当前文风所尚，写的却是一个新嫁娘：

洞房昨夜停红烛，
待晓堂前拜舅姑。
妆罢低声问夫婿，
画眉深浅入时无？

这四句诗没有一句写到这个新嫁娘的长相，但是宋朝人（是洪迈？）就说这一定是一个绝色的美女。

崔颢的《长干曲》：

君家何处住，
妾住在横塘。
停舟暂借问，
或恐是同乡。

这四句诗明白如话，好像没有说出什么东西，但是说出了很多很多东西。宋人（是苏辙？）说这首诗“墨光四射，无字处皆有字”。

中国画讲究“留白”“计白当黑”。小说也要“留白”，不能写得太满。十九世纪和二十世纪的作者与读者的关系变了。十九世纪的小说家是上帝，他什么都知道，比如巴尔扎克。读者是信徒，只有老老实实地听着。二十世纪的读者和作者是平等的，他的“参与意识”很强，他要参与创作。我相信接受美学。作品是作者和读者共同完成的。如果一篇小说把什么都说了，读者就会反感：你都说了，要我干什么？一篇小说要留有余地，留出大量的空白，让读者可以自由地思索、认同、判断、首肯。

要使小说语言有更多的暗示性，唯一的办法是尽量少写，能不写的就不写。不写的，让读者去写。古人说："以己少少许，胜人多多许"，写少了，实际上是写多了，这是上算的事。——当然，这样稿费就会少了。——一个作家难道是为稿费活着的么？

语言是活的、流动的。语言不是像盖房子似的，一块砖一块砖叠出来的。语言是树，是长出来的。树有树根、树干、树枝、树叶，但是是一个有机的整体。树的内部的汁液是流通的。一枝动，百枝摇。初学写字的人，是一个字一个字写出来的，书法家写字是一行一行地写出来的。中国书法讲究"行气"。王献之的字被称为"一笔书"，不是说从头一个字到末一个字笔画都是连着的，而是说内部的气势是贯穿的，写好每一个句子是重要的。伏尔泰和契诃夫都说过一个句子只有一个最好的说法。更重要的是处理好句与句之间的关系。你们湖南的评论家凌宇曾说过：汪曾祺的语言很奇怪，拆开来看，都很平常，放在一起，就有一种韵味。我想谁的语言都是这样的，七宝楼台，拆下来不成片段。问题是怎样"放在一起"。清代的艺术评论家包世臣论王羲之和赵子昂的字，说赵字如士人入隘巷，彼此雍容揖让，而争先恐后，面形于色。王羲之的字如老翁携带幼孙，痛痒相关，顾盼有情。要使句与句、段与段产生"顾盼"。要养成一个习惯，想好一段，自己能够背下来，再写。不要写一句想一句。

中国人讲究"文气"，从《文心雕龙》到桐城派都讲这个东西。我觉得讲得最明白、最具体的，是韩愈。韩愈说：

气，水也；言，浮物也。水大而物之浮者大小毕浮。气盛则言之短长与声之高下皆宜。

后来的人把他这段话概括成四个字："气盛言宜"。韩愈提出一个语言的标准："宜"。"宜"，就是合适、准确。"宜"的具体标准是"言之短长"与"声之高下"。语言构造千变万化，其实也很简单：长句子和短句子互相搭配。"声之高下"指语言的声调，语言的音乐性。有人写一句诗，改了一个字，其实两个字的意思是一样的，为什么要改呢？另一个诗人明白："为声俊耳"。要培养自己的"语感"，感觉到声俊不俊。中国语言有四声，构成中国语言特有的音乐性。一个写小说的人要懂得四声平仄，要读一点诗词，这样才能使自己的语言"俊"一点。

结构无定式。我曾经写过一篇谈小说的文章，说结构的精义是，随便。林斤澜很不满意，说："我讲了一辈子结构，你却说'随便'！"我后来补充了几个字："苦心经营的随便"，斤澜说："这还差不多。"我是不赞成把小说的结构规定出若干公式的：平行结构、交叉结构、攒珠式结构、橘瓣式结构……我认为有多少篇小说就有多少种结构方法。我的《大淖记事》发表后，有两种不同的意见。有人认为这篇小说的结构很不均衡。小说共五节，前三节都是写大淖这个地方的风土人情，没有人物，主要人物到第四节才出现。有人认为这篇小说的好处正在结构特别。我有的小说一上来就介绍人物，如《岁寒三友》，《复仇》用意识流结构，《天鹅之死》时空交错，去年发表的《小芳》却是完全的平铺直叙。我认为一篇小说的结构是这篇小说所表现的生活所决定的。

生活的样式，就是小说的样式。

过去的中国文论不大讲“结构”，讲“章法”。桐城派认为章法最要紧的是断续和呼应。什么地方该切断，什么地方该延续；前后文怎样呼应。但是要看不出人为的痕迹。刘大櫆说：“彼知有所谓断续，不知有无断续之断续；彼知有所谓呼应，不知有无呼应之呼应。”章太炎论汪中的骈文：“起止自在，无首尾呼应之式。”这样的结构，中国人谓之“化”。苏东坡说：“大略如行云流水，初无定质，但常行于所当行，常止于所不可不止，文理自然，姿态横生。”（《答谢民师书》）文章写到这样，真是到了“随便”的境界。

小说的开头和结尾要写好。

古人云：“自古文章争一起。”孙犁同志曾说过：开关很重要，开头开好了，下面就可以头头是道。这是经验之谈。要写好第一段，第一段里的第一句。我写小说一般是“一遍稿”，但是开头总要废掉两三张稿纸。开头以峭拔为好。欧阳修的《醉翁亭记》原来的第一句是：“滁之四周皆山。”起得比较平。后来改成“环滁皆山也”，就峭拔得多，领起了下边的气势。我写过一篇小说《徙》。这篇小说是写我的小学的国文老师的，他是小学校歌的歌词作者，我从小学校歌写起。原来的开头是：

世界上曾经有过很多歌，都已经消失了。

我到海边转了转（这篇小说是在青岛对面的黄岛写的），回来换了一张稿纸，重新开头：

很多歌消失了。

这样不但比较峭拔，而且有更深的感慨。

奉劝青年作家，不要轻易下笔，要“慎始”。

其次，要“善终”，写好结尾。

往往有这种情况，小说通篇写得不错，可是结尾平常，于是前功尽弃。结尾于“谋篇”时就要想好，至少大体想好。这样整个小说才有个走向，不至于写到哪里算哪里，成了没有脑线的风筝。

有各式各样的结尾。

汤显祖评《董西厢》，说董很善于每一出的结尾。汤显祖认为《董西厢》的结尾有两种，一种是“煞尾”，一种是“度尾”。“煞尾”“如骏马收缰，寸步不移”；“度尾”“如画舫笙歌，从远处来，过近处，又向远处去”。汤显祖不愧是大才子，他的评论很形象，很有诗意，我觉得结尾虽有多种，但不外是“煞尾”和“度尾”。

一九九三年八月十七日在北京追记

注释

原载《大地》一九九四年第三、四期合刊。

沈从文作品题解、注释、赏析

《边　城》

【题解】

“边城”是边远、偏僻的小城的意思。这里的县治在镇筸，亦称凤凰厅，所以沈先生在履历表上“籍贯”一栏里填的是“湖南凤凰”。有的作家（如施蛰存先生）称沈先生为“沈凤凰”。——以地名作为称呼，表示对这人的倾倒尊敬，这是中国过去的习惯。《边城》所写的小城，地名叫作“茶峒”。

“边城”不只是一个地理概念，它表示这地方离开大城市，离开现代文明都很远。离开知识分子很远，离开当时文学风尚也很远。

沈先生当时的文学界“为一些理论家、批评家、聪明出版家，以及习惯于说谎造谣的文坛消息家，通力协作造成一种习气所控制所支配，他们的生活，同时又实在与这个作品所提到的世界相去太远了。他们不需要这种作品，本书也就并不希望得到他们”。沈从文是有意识地和这一些不沾边的。

但是沈先生并不抛弃所有的读者。“我这本书只预备给一些‘本身已离开学校，或始终就无从接近学校；还认识些中国字，置身文学理论、文学批评以及说谎造谣消息所达不到的那种职务上，在那个社会里生活，而且极关心全个民族在空间与时间下所有的好处与坏处’的人去看。他们真知道当前农村是什么，想知道过去农村是什么，他们必也愿意从这本书上同时还知道世界上一小角隅的农村与军人。我所写到的世界，即或在他们全然是一个陌生的世界，然而他们的宽容，他们向一本书去求取安慰与知识的热忱，却一定使他们能够把这本书很从容读下去的。”

“我的读者应是有理性，而这点理性便基于对中国现社会变动有所关心，认识这个民族的过去伟大处与目前堕落处，各在那里很寂寞地从事于族复兴大业的人。这作品或者只能给他们一点怀古的幽情，或者只能给他们一次苦笑，或者又将给他们一个噩梦，但同时也说不定，也许尚能给他们一种勇气同信心。”

这是理解《边城》的一把钥匙，也是理解沈老其他作品的钥匙。

希望香港的中学同学从《边城》感受、了解他们完全不熟悉的另一世界生活，并且从这个小说里得到一种生活的勇气与信心。

【注释】

［1］茶峒　“峒”音洞（dòng）。部分少数民族如苗族、侗

族、壮族聚居地区的泛称。茶峒因为沈从文小说《边城》出了名，而许多人又不认识这个“峒”字，现在有人干脆把“茶峒”写成了“茶洞”。

[2] 悖　是违反的意思。

[3] 黄麂　小型鹿类动物。

[4] 吊脚楼　房子一半着陆，一半用木柱支撑着，上铺木板，悬空在水面，叫作“吊脚楼”。

[5] 紫花布衣裤　本色的白布，并不是染了紫色图案的布。

[6] 厘金局　旧中国在水陆关卡设立机关征收商业税，叫作收厘金。这些关卡便称为厘金局。

[7] 幡信　幡是旗帜，可以传令，故称幡信。

[8] 双料的美孚灯罩　过去中国点灯用煤油。煤油多是美孚洋行进口，于是一般人把点美孚煤油的灯叫作“美孚灯”。美孚灯上罩的玻璃灯罩叫“美孚灯罩”。“双料的美孚灯罩”是加厚的。

[9]“自己既在粮子里混过日子”，即当过兵。过去把“当兵”叫作“吃粮”。

[10] 傩送　“傩”读 nuó。古时驱逐疫鬼的仪式。“大傩”是驱鬼逐疫的舞蹈，源于原始巫舞。湘西人信巫，对傩神很崇拜。“傩送”表示这是傩神送来的儿子，一定会得到傩神的保佑，诸事顺遂。

[11] 岳云　岳飞的儿子，地方戏的岳云扮相很英俊。

[12] 梁红玉老鹳河水战擂鼓　韩世忠阻击金兵，梁红玉擂鼓助战，实在黄天荡，不在老鹳河。沈先生此处是误记。又，此句字序似有小误。

[13] 牛皋水擒杨幺　事见小说《精忠说岳传》。

［14］本篇的引文都摘自《边城题记》。

［15］“摆渡的张横”　张横是《水浒传》里的人物，外号“浪里白条”。

［16］洛阳桥并不是一个晚上造得好的　洛阳桥一称“万安桥”，在福建省泉州市东北同惠安县交界的洛阳江上。由北宋政治家蔡襄主持修建，历时六年始告竣工（1053—1059）。关于这座桥有许多传说故事。

［17］穿了白家机布汗褂　“家机布”是自己家用木机织的白布。

［18］虎耳草　多年生草本，有匐枝，全株有细毛。叶沿地丛生，状如心，下面紫红色。供观赏。

［19］“王祥卧冰”“黄香扇枕”　这是《二十四孝》里的故事。王祥的母亲病了，冬天想吃鱼，王祥就脱光了衣服卧在冰上，冰化了，跳出了一对鲤鱼。王祥的母亲喝了鱼汤，病就好了。黄香的父亲怕热，黄香就在父亲睡觉之前，用扇子把枕头扇凉。一说是黄香躺在席子上让蚊子咬。蚊子吸饱了血，就不会再咬他的父亲了。

［20］下肂　肂音四，是埋棺的坑。

【赏析】

《边城》可以说是沈先生的代表作。

故事很简单。

茶峒有一个渡口，渡口有一条渡船。渡船不用篙桨，船头竖了一支小竹竿，挂着一个可以活动的铁环，溪岸两端水面横牵了一段竹缆，有人过渡时把铁环挂在竹缆上，船上人就引手攀缘那条缆索，慢慢地牵船过对岸去。管理渡船的是一个老人。老人身边有一个孙女，叫翠翠，还有一只黄狗。

镇箪有个管水码头的，名叫顺顺。顺顺有大小四只船，日子过得很宽绰。他仗义疏财，乐于助人。河边船上有一点小小纠纷，得顺顺一句话，即刻就解决了。因此很得人望，名声很好。

顺顺有两个儿子，老大叫天保，老二叫傩送。一个十八岁，一个十六。

两兄弟都喜欢弄船老人的孙女翠翠。

翠翠爱二老，不爱大老。

大老因为得不到翠翠的爱，负气坐船往下水去。船到险滩，搁在石包子上，大老想把篙子撇着，人就弹到水里去。

大老淹坏了，二老傩送觉得大老是因为翠翠死的，心里有了障碍。

他还是爱翠翠的。在和父亲拌了两句嘴之后，也坐船下行了。

大雷雨之夜，弄船的老爷爷死了。

二老还不回来。

“这个人也许永远不回来了，也许‘明天’回来！”

这是一个爱情故事，但是写得很含蓄，很纯净，很清雅。

小说生活气息很浓，不断穿插许多过端午、划龙船、追鸭子、新娘子、花轿等细节，是一幅一幅的湘西小城的风俗画。甚至粉丝、红蜡烛……都呈现出浓郁的色彩。

沈从文是写景的圣手。他对景色似乎有一种特殊的记忆能力。他说：“我想把我一篇作品里所简单描绘过的那个小城，介绍到这里来。这虽然只是一个轮廓，但那地方一切情景，欲浮凸起来，仿佛可用手去摸触。”（《从文自传·我所生长的地方》）如：

……若溯流而上，则三丈五丈的深潭皆清澈见底。深潭为白日所映照，河底小小白石子，有花纹的玛瑙石子，全看得明明白白。水中游鱼来去，全如浮在空气里。两岸多高山，山中多可以造纸的细竹，长年作深翠颜色，逼人眼目。近水人家多在桃杏花里，春天时只需注意，凡有桃花处必有人家，凡有人家处必可沽酒。夏天则晾晒在日光下耀目的紫花衣裤，可以作为人家所在的旗帜。秋冬来时，房屋在悬崖上的，滨水的，无不朗然入目。黄泥的墙，乌黑的瓦，与四周环境极其调和，使人迎面得到的印象，实在非常愉快。

沈先生不是一个工笔重彩的肖像画家，不注意刻画“性格”，他写人，更注重人的神态、气质。如写翠翠：

翠翠在风日里长养着，把皮肤变得黑黑的，触目为青山绿水，一对眸子清明如水晶。自然既长养她且教育她，为人天真活泼，处处俨然如一只小兽物。人又那么乖，如山头黄麂一样，从不想到残忍事情，从不发愁，从不动气。平时在渡船上遇陌生人对她有所注意时，便把眼睛瞅着那陌生人，做成随时皆可举步逃入深山的神气，但明白了人无机心后，就又从从容容在水边玩耍了。

《边城》是二十“开”淡设色册页，互相连续，而又自为首尾、各自成篇的抒情诗。这种结构方法比较少见。这是现代中国难得一见的牧歌。沈先生说这篇故事中“充满了五月中的斜风细雨，以及那点六月中夏雨欲来时闷人的热和闷热中的寂寞”。我们还可以说这里充满了春秋两季的飘飘忽忽的轻云薄雾。《边城》是一把花，一个梦。

《牛》

【题解】

这是篇写人与牛的关系的小说。

大牛伯在荞麦田里为一点小事生了他的心爱的小牛的气，用榔槌不知轻重地打了小牛的后脚一下，把牛脚打坏了，牛脚瘸了，不能下田拉犁。

牛脚不好，大牛伯只好放小牛两天假，让它休息休息，玩两天。

可是田里的活耽误不得。五天前刚下过一阵雨，田里的土都酥软了，天气又很好，正是犁田的好时候。

大牛伯到两里外场集上找甲长，——这甲长既是地方小官，也是本地牛医。偏偏甲长接到通知，要叫他办招待筹款，他骑上马走了。

大牛伯打听到十里远近得虎营有个师傅会治牛病，就专诚去请。这位名医给小牛用银针扎了几针，把一些草药用口嚼烂，敷到扎针处，把预许的一串白铜制钱扛到肩上，走了。

小牛的脚不见好。

大牛伯就去向有牛的人家借牛用两三天，人家都不借。

大牛伯只好到附近庄子里去请帮工，用人力拖犁。两个帮工，加上大牛伯自己，总算趁好天气把土翻好了。

到第四天，小牛的脚好了，可以下田了。大牛伯因为顾恤到小牛的病脚，不敢悭吝自己的力气；小牛也因为顾虑主人的缘故，特别用力气只向前奔。他们一天耕的田比用人工两倍还多。

【注释】

［1］荞麦　一年生草本农作物，叶戟形，花白色或淡红色，结实三棱卵圆形，磨粉可擀面条或压饸饹，爽滑耐饥。名为麦，实非麦类。

［2］榔槌　木制的槌，一般打草鞋槌软稻草时用。

［3］簟（diàn）　晒谷物用的粗竹席。

［4］腰门　南方有些地方农村在大门外还有两扇只有半截的门，叫作“腰门”。

［5］印子钱　旧中国的一种高利贷。放债人以高利放出贷款，限借债人分期偿还，每次偿款都在预立的折子上加盖一印，故名“印子钱”。

【赏析】

除几个穿插性的角色，这篇小说只有两个“人物”，大牛伯和他的小牛。这只小牛是通人性的。它对大牛伯有很深的感情。它尽力地为大牛伯犁田。他们的思想感情是可以交流的。大牛伯的心思，小牛完全体会得到。它跟大牛伯说话，用它的水汪汪的大眼睛。他们真是莫逆无间。

牛会做梦。

这牛迷迷糊糊时就又做梦，梦到它能拖了三具犁飞跑，犁所到处土皆翻起如波浪，主人则站在耕过的田里，膝以下皆为松土所掩，张口大笑。

大牛伯会同时和小牛做梦。

当到这可怜的牛做着这样的好梦时，那大牛伯是也在做着同样的梦的。他只梦到用四床大晒谷簟铺在坪里，晒簟上新荞堆高如小山。抓了一把褐色荞子向太阳下照，荞子在手上皆放乌金光泽。那荞就是今年的收成，放在坪里过斛上仓，竹筹码还是从甲长处借来的，一大捆丢到地下，哗地响了一声。而那参与这收成的功臣，——那只小牛，就披了红站在身边，他于是向它说话，神气如对多年老友。他说："伙计，今年我们好了。我们可以把围墙打一新的了；我们可以换一换那两扇腰门了；我们可以把坪坝栽一点葡萄了；我们……"他全是用"我们"的字眼，仿佛这一家的兴起，那牛也有份，或者是光荣，或者是实际。他于是俨然望到那牛仍然如平时样子，水汪汪的眼睛中写得有四个大字："完全同意"。

小牛对大牛伯提出的意见，总是表示"好商量"。大牛伯梦到牛栏里有四只牛，就大声告给"伙计"说：

"伙计，你应该有个伴才是事。我们到十二月再看吧。"

伙计想十二月还有些日子，就点点头，“好，十二月吧。”

小说把小牛人化了，因此就有颇浓的童话色彩。这童话色彩其实是丰富的人情。

小说的语言带喜剧色彩，这是大牛伯的善良幽默的性格所致。比如：

见到主人，主人先就开口问他是不是把田已经耕完。他告主人牛生了病，不能做事。主人说：

“老汉子，你谎我。耕完了就借我用用，你那小黄是用木榔槌在背脊骨上打一百下也不会害病的。”

“打一百下？是呀，若是我在它背脊骨上打一百下，它仍然会为我好好做事。”

“打一千下？是呀，也挨得下，我算定你是捶不坏牛的。”

“打一千下？是呀……”

“打两千下也不至于……”

“打两千下，是呀……”

说到这里两人都笑了……

这样的时候，还能这样地说笑，中国农民的承受弹力真了不起！他们不是小小的挫折可能压垮的。

一切本来是很顺利、很圆满的。小牛的脚好了，荞麦田耕出来了，看样子十二月真可能给小牛找个伴，可是故事却来了个出人意料的结尾：到了十二月，荡里所有的牛全被衙门征发到一个不可知的地方去了，大牛伯只有成天到保长家去探询一件事可做。顺眼中望到自己屋角的大榔槌，就后悔为什么不重重地一下把那畜生的脚打断。

这就是中国的农民。他们没有自己的财产权，衙门中可以任意征用农民的耕牛，只要一句话！

小说的结尾是悲剧。因为前面充满童话色彩、喜剧色彩，就使得这悲剧让人感到格外的沉痛。

《丈　夫》

【题解】

题目是“丈夫”，别有意味。为什么是“丈夫”？因为这是一个有点特别的丈夫。这不是娶了老婆居家过日子的丈夫。这是从事“古老职业”的女人——妓女——的丈夫。

湘西水上的妓女有两种，一种是在吊脚楼上做“生意”的。长期的包占也可以，短时间的“关门”也可以。“婊子爱钞”，对到楼上来烧烟胡闹的川东客人，常常会掏空他们的荷包，但对有情有义的水手，则银钱就在可有可无之间了。《柏子》所写的便是这种妓女。这种妓女的爱是强烈的、美丽的。一种，是在船上做“生意”的，这种船被称为“花船”。

> 船上人，她们把这件事也像其余地方一样，这叫作“生意”。……她们从乡下来，从那些种田挖园人家，离了乡村，离了石磨和小牛，离了那年轻而强健的丈夫，跟随到一个熟人，就来到这船上做生意了。

……事情非常简单，一个不汲汲于生养孩子的妇人，到了城里，能够每月把从城里两个晚上所得的钱，送给那在乡下诚实耐劳种田为生的丈夫处去，在那方面就可以过了好日子，名分不失，利益存在，所以许多年轻的丈夫，在娶妻以后，把妻送出来，自己留在家里耕田种地安分过日子，也竟是极其平常的事。

然而这毕竟不是平常的事。有的丈夫不要过这样的生活，不要当这样的“丈夫”！他们的心不平静。照现在流行的说法：他们觉得很“失落”。

这篇小说写的就是一个丈夫的“失落”。

【注释】

[1] 灯笼子认不得人　灯笼子，子弹的暗语。

[2] 孤王酒醉桃花宫，韩素梅生来好貌容　一九三〇年在《小说月报》上发表时本无此二句，这是一九五七年校改时加上的。这是刘鸿声唱的京剧《斩黄袍》里的唱词。湖南地方戏（湘剧、花鼓戏）有没有《斩黄袍》这出戏，戏里有没有“孤王酒醉桃花宫”这样的唱词，待考。不过刘鸿声的《斩黄袍》当时唱得很红，全国各地爱哼哼京剧的人都会唱这两句，那两个喝醉了的兵痞子唱这两句风行一时的京剧，是有可能的。沈先生在北京住了很久，正是刘鸿声大红的时候，街头巷尾听熟了这两句《斩黄袍》，以致写进小说，也是可能的，正如同鲁迅把“先帝爷白帝城叮咛就”（《空城计》唱词）写进小说里一样。

[3] 归一　一切准备妥当，叫作“归一”，西南诸省都有此

说法。

【赏析】

这些丈夫逢年过节有时会从乡下来到城里，见见自己的媳妇，好像走一趟远亲。

有一个丈夫（不知道他叫什么名字）从乡下来看他的媳妇，媳妇名叫老七。

丈夫在船上只住了两天，可是在这两天内，一个乡下男人的感情历程是复杂的。

夫妻的感情是和睦的，也不缺少疼爱。见了面，老七就问起“上次的五块钱得了没有”“我们那对小猪生儿子没有”这一类的家常话。丈夫特为选了一坛特大的栗子送来，因为老七爱吃这个。丈夫有口含冰糖睡觉的习惯，老七在接客过程中还悄悄爬进丈夫睡觉的后舱，在他嘴里塞一片冰糖……

但是丈夫对这样的生活很不习惯。

首先是媳妇变了样：大而油光的发髻，用小镊子扯成的细细眉毛，脸上的白粉同绯红的胭脂，以及那城市里人神气派头，城市里人的衣裳，都一定使从乡下来的丈夫感到极大的惊讶，有点手足无措。

晚上，来了客（嫖客），喝过一肚子烧酒，摇摇荡荡地上了船。一上船就大声地嚷，要亲嘴要睡。于是这丈夫不必指点，也就知道怯生生地往后舱钻去，躲在那后梢舱上去低低地喘气。

来了一个大汉，是“水保”，老七的干爹。这水保对丈夫发生了兴趣，和他东拉西扯地扯了许多闲话。这水保和气得很，但是临行时却叫他告诉老七：“告她晚上不要接客，我要来。”

“他记忆得到那嘱咐，是当到一个丈夫面前说的！”该死的话，是当到一个丈夫面前说的！

两个喝得烂醉的兵上了船，大呼小叫撒酒疯，连领班的大娘也没有办法。老七急中生智，拖着醉兵的手，安置到自己的大奶上。醉鬼这才安静了下来。

半夜里，水保领着四个武装警察来查船（他们是来查“歹人”的）。查完了，一个警察回来传话：“你告老七，巡官要回来过细考察她一下。”

丈夫不明白：为什么巡官还要回来考察老七。

丈夫是年轻强健的男人，当然会有性的欲望。

老七有意地在把衣服解换时，露出极风情的红绫胸褡。老七也真不好，你干吗逗丈夫的“火”！

丈夫愿意同老七在床上说点家常私话，商量件事情，就傍床沿坐定不动。

大娘像是明白男子的心事，明白男子的欲望，也明白他不懂事，故只同老七打知会，“巡官就要来的！”

老七咬着嘴唇不作声，半天发痴。

男子一早起就要走路。“干爹”家的酒席也不想去吃，夜戏也不想看，“满天红”的荤油包子也不想吃。

一定要走了，老七很为难，走出船头待了一会儿，回身从荷包里掏出昨晚上那兵士给的票子，又向大娘要了三张，塞到男子手心里去。

男子摇摇头，把票子撒到地上去，像小孩子那样莫名其妙地哭起来。

这个丈夫为什么要哭？他这两天受了很大的屈辱，他的感情受了极其严重的伤害。他是个男人，是个丈夫，是个人。他有他的尊严，他的爱。有的评论家说：这篇小说写的是人性的回归，可以同意。

这篇小说的结尾非常简单：

水保来船上请远客吃酒，只有大娘同五多在船上。问到时，才明白两夫妇一早都回转乡下去了。

一个非常耐人寻味的结尾。

《贵　生》

【题解】

这篇小说写的是命运。

贵生是一个单身汉子，以砍柴割草为生，活得很硬朗自重。他常去城里卖柴卖草，就把钱换点应用东西。他买了猪头，挂在柴灶上熏干。半夜里点了火把，用镰刀砍了十几条大鲤鱼，也揉了盐风得干干的。“两手一肩，快乐神仙。”

桥头有一个浦市人姓杜的开的小杂货铺。杂货铺的地点很好。门外有三棵大青树，夏天特别凉快。冬天在亭子里烧了树根和油枯饼，火光熊熊，引得过路人一边买东西，一边就火边抽烟谈话，杜老板人缘很好。

贵生常到小铺里来坐坐，和铺子里大小都合得来。杜老板有个女儿名叫金凤。贵生对金凤很好。山上多的是野生瓜果，栗子榛子不出奇，三月里给她摘大莓，八九月还有本地特有的，样子像干海参，瓤白如玉如雪的八月瓜，尤其逗那女孩子喜欢。

杜老板有心把金凤许给贵生，招婿上门，影影绰绰，旁敲侧击地和贵生提过。贵生知道杜老板是在装套子捉女婿，但是拿不定主意是不是往套子里钻。贵生有点迷信：女的脸儿红中带白，眉毛长，眼角向上飞，是个“克”相，不克别人得克自己，到十八岁才过关。金凤今年满十六岁，贵生往后退了一步，决定暂时不上套。

但是他又想，一切风总不会老向南吹，不定什么时候杜老板改变主意，也说不定一个贩运黄牛、水银的贵州客人会把金凤拐走，这件事还得热米打粑粑，得快。贵生上街办了一点货，准备接亲。

这一带二里之内的山头都归张家管业。山上种着桐子树。张家非常有钱，两弟兄——四老爷、五老爷都极其荒唐。四爷好嫖，把一个实缺旅长都嫖掉了。五爷好赌，一夜能输几百上千大洋。四爷劝五爷，不能这样老输，劝他弄一个“原汤货”冲一冲晦气。

桐子熟了，四爷、五爷带着长工伙计上山打桐子。

回来的时候路过杜家铺子，进去坐坐，四爷一眼看见金凤，对五爷说：“眉毛长，眼睛光，一只画眉鸟，打雀儿！”

五爷要娶金凤做小。

贵生听到别人议论，好像挨了一闷棍。

他问杜老板：“听说你家有喜事，是真的吧？”

他去找金凤，金凤正在桥下洗衣。他见金凤已经除了孝（她原来戴着娘的孝），乌光的大辫子上插了一朵小红花。一切都完了。

半夜里，忽然围子里的狗都狂叫起来，天边一片红，着火了。有人急忙到围子里来报信：桥头杂货铺烧了；贵生的房子也走了水。一把火两处烧，十分蹊跷。

鸭毛伯伯心里有点明白：火是贵生放的。

贵生一肚子怨气，他只有用这活办法来泄愤。

鸭毛回头见金凤哭着，心里说："丫头，做小老婆不开心？回去一索子吊死了吧，哭什么！"

鸭毛对金凤的责备有欠公平。金凤曾经对贵生说过："什么四老爷、五老爷，有钱就是大王，糟蹋人，不当数……"她今天就被糟蹋了！这事大概是老子做的主，但从辫子上的那朵小红花，可以想见她是点了头的。你叫她有什么办法呢？一只眉毛长、眼睛光的画眉鸟，在这二里内，是逃不出老爷的手心的！

【注释】

［1］王大娘补缸匠　《锔大缸》是一出武打神怪戏。旱魃化为王大娘，取死人噎食罐化为黄瓷缸，用以抵御雷劫。后为巨灵神撞裂。王大娘找人补缸，观音乃遣土地幻化为补缸匠人，假作修锔，故意将王大娘的缸打破。

［2］卖柴耙的程咬金　故事见《隋唐演义》。程咬金没有发迹的时候，曾靠卖柴耙（此字正写应作"筢"）为生，此剧即演此事。

［3］油枯饼　油料植物的籽实，经榨油后剩下的残渣，一般呈饼状。

［4］塍　田地间较宽的路界，这是湖南特有的说法。

［5］花骨头迷心　花骨头指麻将牌。但这位五老爷是什么牌都赌的。如"字牌"是纸制的，并非"花骨头"。

［6］［7］"挂衣""开苞"，都是花钱使妓女第一次接客的意思。

［8］杜鹃和竹雀鸣叫声——作者注。

【赏析】

这是一个悲剧，但沈先生有意写得很轻松。

贵生是一个知足的人，活得无忧无虑。他认为什么都很有意思。土坎上的芭茅草开着白花，在风里摇，仿佛向人招手，说：“来，割我，乘天气好磨快你的刀，快来割我，挑进城里去，八百钱一担，换半斤盐好，换一斤肉也好，随你的意！”

贵生打算结亲了，他做了一点简单而又平常的梦：把金凤接过来，他帮她割草喂猪，她帮他在桥头打豆腐。就是这点简单平常的梦，也被五老爷打破了。

这篇小说的特点是人物比较多，对话也比较多。长工、仆人一边喝酒，一边闲聊。他们所说的话题除了一些关于新娘子出嫁的一些粗俗笑话之外，主要是对“命”的看法。四爷的狂嫖，五爷的滥赌，他们都认为是命里带来的。鸭毛伯伯对“命”有一番精辟议论：“花脚狗不是白面猫，各有各的脾气。银子到手哗啦哗啦花，你说莫花，这哪成！这些人一事不做偏有钱，钱财像是命里带来的。命里注定它要来，门板挡不住；命里注定它要去，索子链子缚不住。……你我是穷人，和黄花姑娘无缘，和银子无缘，就只和酒有点缘分。我们喝了这碗酒，再喝一碗罢。”

这些长工用人不明白他们的命为什么不好，这是谁造成的，能不能把自己的命改变改变，怎样改变？

注释

原载《中学生文学精读·沈从文》，三联书店（香港）有限公司，一九九五年。

使这个世界更诗化

关于文学的社会职能有不同的说法。中国古代十分强调文艺的教育作用。古代把演剧叫作“高台教化”，即在高高的舞台上对人民进行形象的教育，宣扬封建伦理道德，——忠、孝、节、义。三十、四十年代以后，马克思主义理论家认为文艺的功能首先在教育，对读者和观众进行政治教育，要求文艺作品塑造可供群众学习的英雄模范人物。有人不同意这种看法，认为文艺不存在教育作用，只存在审美作用。我认为文艺的教育作用是存在的，但不是那样的直接，那样“立竿见影”。让一些“苦大仇深”的农民，看一出戏，立刻热血沸腾，当场要求报名参军，上前线打鬼子，可能性不大（不是绝对不可能），而且这也不是文艺作品应尽的职责。文艺的教育作用只能是曲折的、潜在的，像杜甫的诗《春夜喜雨》所说："随风潜入夜，润物细无声"，使读者（观众）于不知不觉中受到影响。我觉得一个作家的作品总要使读者受到影响，这样或那样的影响。一个作品写完了，放在抽屉里，是作家个人的事；拿出来发表，就是一个社会现象。我认为作家的责任是给读者以喜悦，让读者感觉到活着是美的，有诗意的，生活是可欣赏的。这样他就会觉得自己也应该活得更好一些，更高尚一些，更优美一些，更有诗意一些。小说应该使人在文化素养上有所提高。小说的作用是使这个世界更诗化。

这样说起来，文艺的教育作用和审美作用就可以一致起来，善和美就可以得到统一。

因此，我觉得文艺应该写美，写美的事物。鲁迅曾经说过，画家可以画花，画水果，但是不能画毛毛虫，画大便。丑的东西总是使人不愉快的。前几年有一些青年小说家热衷于写丑，写得淋漓尽致，而且提出一个不知从哪里来的奇怪的口号："审丑作用"，以为这样才是现代主义。我作为一个七十四岁的作家，对此实在不能理解。

美，首先是人的精神的美、性格的美、人性美。中国对于性善、性恶，长期以来争论不休。比较占上风的还是性善说。我们小时候读启蒙的教科书《三字经》，开头第一句话便是"人之初，性本善"。性善的标准是保持孩子一样纯洁的心，保持对人、对物的同情，即"童心""赤子之心"。孟子说："大人者，不失其赤子之心者也。"

人性有恶的一面。"文化大革命"把一些人的恶德发展到了极致，因此有人提出“人性的回归”。

有一些青年作家以为文艺应该表现恶，表现善是虚伪的。他愿意表现恶，就由他表现吧，谁也不能干涉。

其次是人的形貌的美。

小说不同于绘画，不能具体地表现一个人的外貌，但小说有自己的优势，写作家的主体印象。鲁迅以为写一个人，最好写他的眼睛。中国人惯用“秋水”写女人眼睛的清澈。“巧笑倩兮，美目盼兮”是写美女的名句。

小说和绘画的另一不同处，即可以写人的体态。中国写美女，说她“烟视媚行”。古诗《孔雀东南飞》写焦仲卿妻“纤纤作细步，精妙世无双”，这比写女人的肢体要聪明得多。

不具体写美女，而用暗示的方法使读者产生美的想象，是高明的方法。唐代的诗人朱庆馀写新嫁娘：

> 洞房昨夜停红烛，待晓堂前拜舅姑。
> 妆罢低声问夫婿，画眉深浅入时无？

宋代的评论家说：此诗不言美丽，然味其辞义，非绝色女子不足以当之。

有两句诗：

> 行到中庭数花朵，蜻蜓飞上玉搔头。

也让人想象到，这是一个很美的女人。

有时不直接写女人的美，而从看到她的人的反应中显出她的美。汉代乐府诗《陌上桑》写罗敷之美：

行者见罗敷，下担捋髭须。少年见罗敷，脱帽著帩头。

耕者忘其犁，锄者忘其锄。来归相怨怒，但坐观罗敷。

这种方法和《伊利亚特》写海伦皇后的美很相似。

中国人对自然美有一种独特的敏感。

郦道元《水经注·三峡》：

自三峡七百里中，两岸连山，略无阙处；重岩叠嶂，隐天蔽日，自非亭午夜分，不见曦月。

短短的几句话，就把三峡风景全写出来了。这样高度的概括，真是大手笔！

柳宗元《至小丘西小石潭记》：

潭中鱼可百许头，皆若空游无所依。日光下澈，影布石上，佁然不动；俶尔远逝，往来翕忽，似与游者相乐。

通过鱼影，写出水的清澈，这种方法为后来许多诗人所效法，而首创者实为柳宗元。

苏轼《记承天寺夜游》：

一九九六年，在虎坊桥新居书房

庭下如积水空明，水中藻荇交横，盖竹柏影也。

这写的是月色，但没有写出月字。

古人要求写自然能做到“状难写之景如在目前”，作为一个中国作家，应该学习、继承这个传统。

注释

原载《读书》一九九四年第十期。

简论毛泽东的书法

毛泽东的书法，天下第一。毛的书体多变。他曾经写过颜字。我在韶山纪念馆曾见过他一张借《盛世危言》的便条，字作欧体，结体较长。在第一师范夜校里所写“教学日记”，字竟是金冬心体。毛泽东而写金冬心，令人惊异。在延安所写的《论持久战》，一笔到底，异常流畅。“善书者不择笔。”《自己动手》《丰衣足食》似是用小学生写大字的粗羊毫写成，然而筋力开张，笔酣墨满。进城以后写怀素。我觉得毛写怀素，实已胜过怀素。怀素是个没文化的人，所写帖语言不通，不能卒读，直一书僧而已。《苦笋帖》稍有气韵，《自叙帖》则拘谨而作态。毛泽东写怀素亦不拘一格。晚年参用李北海，结体略扁、姿媚转生。

他的字有些写得比较匀称规整，如所写《长恨歌》；有的比较奔放，如《远上寒山石径斜》。“书贵瘦硬方通神”，毛书《万里悲秋常作客》是典型的瘦硬之笔。翩若惊鸿，细如游丝，至善尽美，叹观止矣。

注释

原载一九九五年五月十九日《中国艺术报》。

《废名小说选集》代序

冯思纯同志编出了他的父亲废名的小说选集，让我写一篇序，我同意了。我觉得这是义不容辞的事，因为我曾经很喜欢废名的小说，并且受过他的影响。但是我把废名的小说反复看了几遍，就觉得力不从心，无从下笔，我对废名的小说并没有真的看懂。

我说过一些有关废名的话：

> 废名这个名字现在几乎没有人知道了。国内出版的中国现代文学史没有一本提到他。这实在是一个真正很有特点的作家。他在当时的读者就不是很多，但是他的作品曾

经对三十年代、四十年代的青年作家，至少是北方的青年作家，产生过颇深的影响。这种影响现在看不到了，但是它并未消失。它像一股泉水，在地下流动着。也许有一天，会汩汩地流到地面上来的。他的作品不多，一共大概写了六本小说，都很薄。他后来受了佛教思想的影响，作品中有见道之言，很不好懂。《莫须有先生传》就有点令人莫名其妙，到了《莫须有先生坐飞机以后》就不知所云了。但是他早期的小说，《桥》、《枣》、《桃园》和《竹林的故事》，写得真是很美。他把晚唐诗的超越理性，直写感觉的象征手法移到小说里来了。他用写诗的办法写小说，他的小说实际上是诗。他的小说不注重写人物，也几乎没有故事。《竹林的故事》算是长篇，叫作“故事”，实无故事，只是几个孩子每天生活的记录。他不写故事，写意境。但是他的小说是感人的，使人得到一种不同寻常的感动。因为他对于小儿女是那样富于同情心。他用儿童一样明亮而敏感的眼睛观察周围世界，用儿童一样简单而准确的笔墨来记录。他的小说是天真的，具有天真的美。因为他善于捕捉儿童的思想和情绪，他运用了意识流。他的意识流是从生活里发现的，不是从外国的理论或作品里搬来的。……因为他追随流动的意识，因此他的行文也和别人不一样。周作人曾说废名是一个讲究文章之美的小说家。又说他的行文好比一溪流水，遇到一片草叶都要去抚摸一下，然后又汪汪地向前流去。这说得实在非常好。

我的一些说法其实都是从周作人那里来的。谈废名的文章谈得最好的是周作人。周作人对废名的文章喻之为水，喻之为风。他在《莫须有先生传》的序文中说：

> 这好像是一道流水，大约总是向东去朝宗于海，它流过的地方，凡有什么汊港弯曲，总得灌注潆洄一番，有什么岩石水草，总要披拂抚弄一下子，再往前走去，再往前去，这都不是它的行程的主脑，但除去了这些，也就别无行程了。

周作人的序言有几句写得比较吃力，不像他的别的文章随便自然。“灌注潆洄”“披拂抚弄”，都有点着力太过。有意求好，反不能好，虽在周作人亦不能免。不过他对意识流的描绘却是准确贴切且生动的。他的说法具有独创性，在他以前还没有人这样讲过。那时似还没有“意识流”这个说法，周作人、废名都不曾使用过这个词。这个词是从外国迻译进来的。但是没有这个名词不等于没有这个东西。中国自有中国的意识流，不同于普鲁斯特，也不同于弗吉尼亚·伍尔夫，但不能否认那是意识流，晚唐的温（飞卿）、李（商隐）便是。比较起来，李商隐更加天马行空，无迹可求。温则不免伤于轻艳。废名受李的影响更大一些。有人说废名不是意识流，不是意识流又是什么？废名和《尤利西斯》的距离诚然较大，和伍尔夫则较为接近。废名的作品有一种女性美，少女的美。他很喜欢“摘花赌身轻”，这是一句“女郎诗”！

冯健男同志（废名的侄儿）在《我的叔父废名》一书中引用我的一段话，说我说废名的小说“具有天真的美”，以为“这是说得新鲜的，道别人之所未道”。其实这不是“道别人之所未道”。废名喜爱儿童（少年），也非常善于写儿童，这个问题周作人就不止一次地说过。我第一次读废名的作品大概是《桃园》。读到王老大和他的害病女儿阿毛说：“阿毛，不说话一睡就睡着了”，忽然非常感动。这一句话充满一个父亲对一个女儿的感情。“这个地方太空旷吗？不，阿毛睁大的眼睛叫月亮装满了”，这种写法真是特别，真是美。读《万寿宫》，至程小林写在墙上的字：“万寿宫丁丁响”，我也异常的感动，本来丁丁响的是四个屋角挂的铜铃，但是孩子们觉得是万寿宫在丁丁响。这是孩子的直觉。孩子是不大理智的，他们总是直觉地感受这个世界，去“认同”世界。这些孩子是那样纯净，与世界无欲求、无争竞，他们对世界是那样充满欢喜，他们最充分地体会到人的善良、人的高贵，他们最能把握周围环境的颜色、形体、光和影，声音和寂静，最完美地捕捉住诗。这大概就是周作人所说的“仙境”。

另一位真正读懂废名，对废名的作品有深刻独到的见解的美学家，我以为是朱光潜。朱先生的论文说：“废名先生不能成为一个循规蹈矩的小说家，因为他在心境原型上是一个极端的内倾者。小说家须得把眼睛朝外看，而废名的眼睛却老是朝里看；小说家须把自我沉没到人物性格里面去，让作者过人物的生活，而废名的人物却都沉没在作者的自我里面，处处都是过作者的生活。”朱先生的话真是打中了废名的“要害”。

前几年中国的文艺界（主要是评论家）闹了一阵“向内转”“向外转”之争。“向内转、向外转”与“向内看、向外看”含义不尽相同，但有相通处。一部分具有权威性的理论家坚决反对向内，坚持向外，以为文学必须如此，这才叫文学，才叫现实主义；而认为向内是离经叛道，甚至是反革命。我们不反对向外的文学，并且认为这曾经是文学的主要潮流，但是为什么对向内的文学就不允许其存在，非得一棍子打死不可呢？

废名的作品的不被接受，不受重视，原因之一，是废名的某些作品确实不好懂。朱光潜先生就写过："废名的诗不容易懂，但是懂得之后，你也许要惊叹它真好。"这是对一般人而言，对平心静气，不缺乏良知的读者，对具有对文学的敏感的解人而言的。对于另一种人则是另一回事。他们感觉到废名的文学对他们是一种潜在的威胁，会危及他们的左派正宗，一统天下。他们不像十年前一样当真一棍子打死，他们的武器是沉默，用不理代替批判。他们可以视若无睹，不赞一词，仿佛废名根本不存在。他们用沉默来掩饰对废名、对一切高雅文学的刻骨的仇恨。他们是一些粗俗的人，一群能写恶札的文艺官。但是他们能够窃踞要津，左右文运。废名的价值被认识，他在中国现代文学史上的地位被真正地肯定，恐怕还得再过二十年。

一九九六年三月六日

注释

原载《中国文化》一九九六年总第十三期。

谈散文

中国散文，浩如烟海。

先秦诸子，都能文章。《子路曾皙冉有公西华侍坐章》从容潇洒。《孟子》滔滔不绝。《庄子》汪洋恣肆。都足为后人取法。

中国自来文史不分。史书也都是文学。司马迁叙事写人，清楚生动。他的作品是孤愤之书，有感而发，为了得到同情，故写得朴朴实实。六朝重人物品藻，寥寥数语，皆具风神。《史记》《世说新语》影响深远，唐宋人大都不能出其樊篱。姚鼐推崇归有光，归文实本《史记》。

中国游记能状难写之情如在目前。郦道元《水经注》写三峡，将一大境界纳为数语，真是大手笔。柳宗元《至小丘西小石潭记》以鱼之动态写水之清幽，此法为后之写游记者所沿用，例不胜举。

韩愈文章，誉毁不一，我也不喜欢他的文章所讲的道理，但是他的文章有一特点：注重文学的耳感，即音乐性。“国子先生，晨入太学，招诸生，立馆下，诲之曰……”读来朗朗上口。“上口”是中国散文的一个特点。过去学文章都要打起调子来半吟半唱，这样才能将声音深入记忆，是很有道理的。

中国文化有断裂。有人以为“五四”是一个断裂，有人不同意，以为“五四”虽提倡白话文，而文章之道未断，真正的断裂是四十年代。自四十年代至七十年代几乎没有“美文”，只有政论。偶有散文，大都剑拔弩张，盛气凌人，或过度抒情，顾影自怜。这和中国散文的平静冲和的传统是不相合的。

“五四”以后有不多的翻译过来的外国散文，法国的蒙田、挪威的别伦·别尔生……影响最大的大概要算泰戈尔。但我对泰戈尔和纪伯伦不喜欢。一个人把自己扮成圣人总是叫人讨厌的。我倒喜欢弗吉尼亚·伍尔夫，喜欢那种如云如水，东一句西一句的，既叫人不好捉摸，又不脱离人世生活的意识流的散文。生活本是散散漫漫的，文章也该是散散漫漫的。

文章的雅俗文白一向颇有争议。有人以为越白越好，越俗越好。张奚若先生在当文化部长时曾讲过推广普通话问题，说“普通话”并不是普普通通的话。话犹如此，文章就得经过加工，“散文”总是散文，不是说出来的话就是散文，那样就像莫里哀戏中的人物一样，“说了一辈子散文”了。宋人提出以俗为雅。近年有人提出大雅若俗。这主要都是说的文学语言。文学语言总得要把文言和口语糅合起来，浓淡适度，不留痕迹，才有嚼头，不

"水"。当代散文是当代人写，写给当代人看的，口语不妨稍多，但是过多地使用口语，甚至大量地掺入市井语言，就会显得油嘴滑舌，如北京人所说的："贫"。我以为语言最好是俗不伤雅，既不掉书袋，也有文化气息。

我和这套文丛的作者都不熟，据闻大都是中青年文艺理论家，他们的文章较有深度，有文化气息。他们是可能成为当代散文的中坚的，希望他们既能继承中国散文的悠久传统，并能接受外国散文的影响，占一代风流，捐百年余韵。是为序。

注释

原载一九九七年九月二十一日《中国青年报》，题目为该报编者所加。该文为《午夜散文随笔书系》系列丛书（钱理群等著，河北人民出版社，一九九七年版）的总序。

早　春

新绿是朦胧的，
飘浮在树杪，
完全不像是叶子……
远树绿色的呼吸。

编后记

我接手主编这套丛书的时候，有几分惶恐，有几分欣慰。惶恐的是怕汪迷嗤之以鼻，谓自身几斤几两皆不知，还能充当主编。欣慰的是，我虽从未走出高邮，但因一直守望乡土，拥有许多文友的呵护与支持，拥有父母官和汪老家人的关注和信任。我便有了特殊的自信，自踏入文艺界三十多年来，常常心想事成，要干的事总能干成干好。

高邮赵德清君，并非我的学生，他却以师相待。近年，他开设了“汪迷部落”微信公众号，分设出“文化旅游”“美食”“影视音乐书画”三个专题群，高邮“汪迷群”与上海、北京、扬州等地十多个“汪迷群”、文学文艺爱好者群建立了联系，在网络世界里，世界各地的汪曾祺文学爱好者的相互交流日益加强，“汪迷部落”二〇一九年十一月二十六日关注量达一万四千二百三十九人次。

在此书付梓之际，我由衷感谢出版社领导和编辑的认可及调整。为编此书，数月来，重温汪老的各类作品，反复揣摩，从中选取经典之作。我虽已届耄耋之年，体弱多病，但愿意接受这一劳心费力的挑战，善始善终地完成这“玩命”（家人语，你忙得要书不要命）的工作，要一“玩”到底。我也诚心欢迎广大读者指正，如此幸甚！

陈其昌

二〇一九年十二月六日